성적표의
김민영

이재은·임지선 쓰고 엮음
이소영, 이다혜, 이라영, 서솔, 이의진,
그리고 김주아, 윤아정

arte

여는 글

〈성적표의 김민영〉의 시작은 2017년도 겨울에 쓴, 정희가 민영의 집에 놀러 가 느끼는 '서운함'에 대한 짧은 단편영화였습니다. 그러다 지선 감독님과 공동 연출을 하게 되며, 하고 싶은 이야기가 점점 눈덩이처럼 불어나 버렸습니다. 그 당시 저희는 각자 굉장히 짧은 단편영화 하나씩만을 겨우 완성해 본 상태였는데요, 그 앞에 어떤 길이 기다리고 있을 줄 정말 아무것도 몰랐기에, 첫 장편영화에 무모하게 도전하게 됩니다. 그렇게 온갖 우여곡절을 겪고, 감사한 도움들을 받으며 드디어 영화가 세상에 나오게 되었습니다. 설렘도 있지만, 조금은 울퉁불퉁할 수밖에 없는 첫 장편영화이기에, 여러 영화제를 돌며 어쩌면 부풀어진 기대감들에 걱정이 앞서기도 합니다.

사오 년 전 이 영화를 처음 상상했던 저는, 친구 관계에 고민이 많던, 타지 생활을 하던, 외롭고, 한가한 대학생이었습니다. 어디론가 계속 앞으로 나아가는 친구들에 비해, 이십 대 중후반이 넘어서도록 왜 아직까지도 '우정'에 이토록 많은 시간과 감정을 소비하는지 스스로를 한심해하던, 정희처럼 외딸고 부유하던 시기에 쓰인 이야기입니다.

작년 한 해 동안은 영화제에서 영화를 상영한 날이면 종종, 자기 전에 여러 사람들이 생각나곤 했습니다. 정희처럼 엉뚱하고, 민영이처럼 어설프지만 의지가 되었던, 닮고 싶지만, 맞지 않았다고 느꼈던, 질투했던, 서운했던, 상처를 주고, 받고, 혼자 아무도 모르게 관계를 정리했던, 그런 친구들의 모습이 영화 속에 조각조각 군데군데 흩뿌려져 있기 때문일 겁니다.

모든 것은 미화되기 마련이라더니, 저의 모든 정희와 민영이 들이 그립고, 이 모든 감정들을 느끼게 해 준 친구들이 존재했다는 것만으로도 감사함을 느낍니다. 이제는 더 이상 연락하지 않는 이들을 떠올리며 정희의 용기가 부러워지는 밤이었습니다.

조금은 부족하고, 회처럼 날것 같고, 유치할 수 있는 작품이지만, 잊고 있던 각자의 정희와 민영이를 떠올릴 수 있는, 그런 일기장 같은 영화와 책이 될 수 있기를 진심으로 바라봅니다.

2022년 9월

이재은

차례

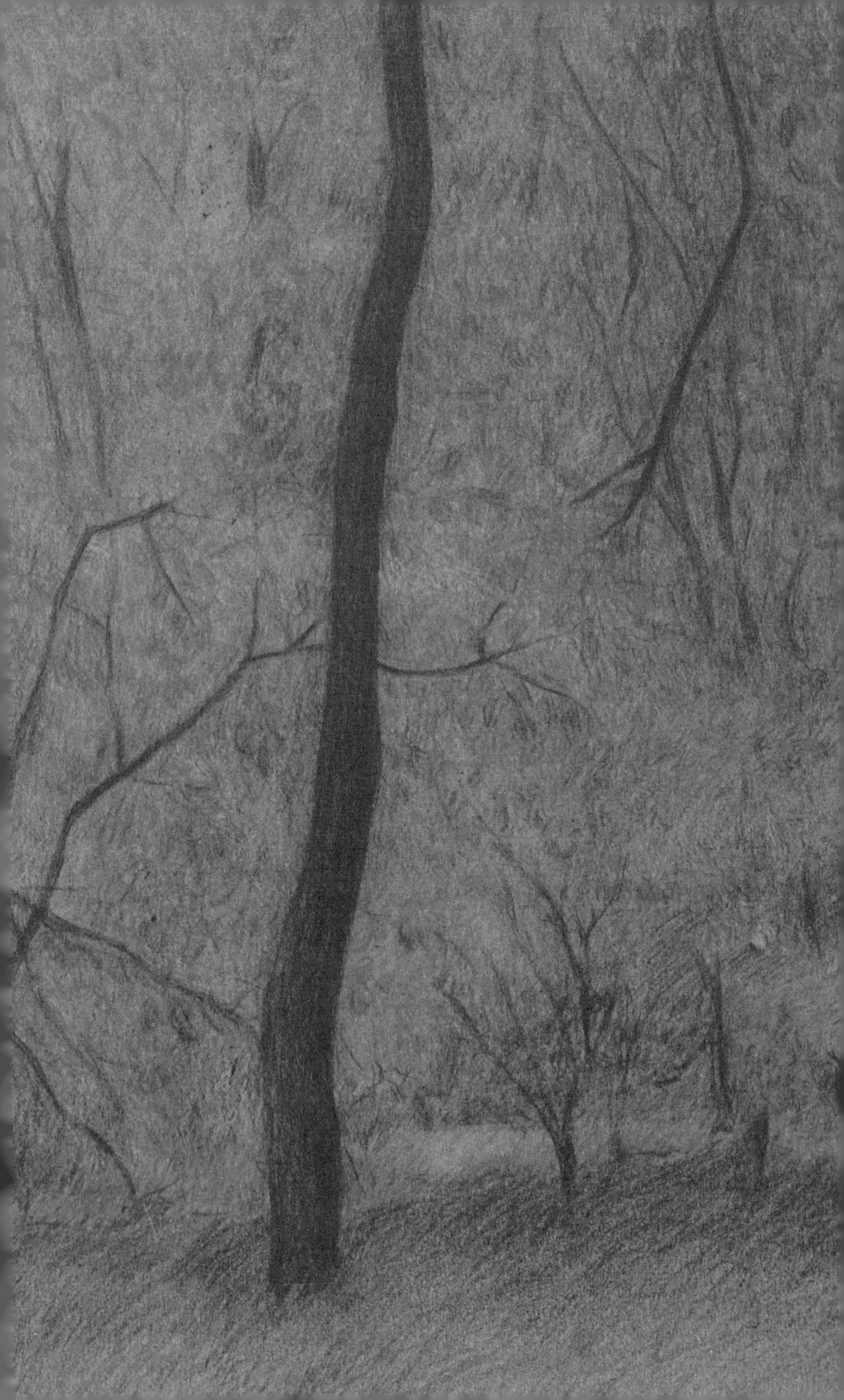

Kim Min-young of the Report Card

성적표의 김민영

이재은 · 임지선

일러두기

- 이 책에 수록된 시나리오는 영화에서는 삭제된 분량이 포함되어 있다.
- 국립국어원의 한글맞춤법과 외래어표기법을 따르되, 일부 대사와 지문은 저자의 표기를 그대로 살렸다.
- 이 책에 사용된 주요 시나리오 용어는 다음과 같다.
  - S#: 신(Scene) 넘버.
  - Cut to: 장면 전환.
  - Cut in: 장면 삽입.
  - Fade in: 화면이 서서히 밝아짐.
  - Fade out: 화면이 서서히 어두워짐.
  - Contin-(Continuous): 화면 계속.
  - Narr.(Narration): 설명 형식의 대사.
  - V.O(Voice Over): 화면 밖에서 들려오는 소리.
  - 인서트(Insert): 장면과 장면 사이에 삽입된 화면.
  - 디졸브(Dissolve): 앞의 장면과 뒤의 장면이 겹치며 장면이 전환됨.
  - 몽타주(Montage): 따로 편집된 여러 화면을 묶어 한 장면으로 구성함.

S#1. 기숙사 방 — 밤

청주여자고등학교 기숙사.

열린 문틈으로 기숙사 방 안의 풍경이 보인다.

앉아 있는 민영(19, 여)과 수산나(19, 여). 그 옆에 정희(19, 여)가 일어서서 종이를 들고 뭔가를 읽고 있다.

정희

이 선언문을 통하여
우리의 삼행시클럽 해체를 선언합니다.
지금 우리는 수능 100일을 앞두고
학생과 자식으로서의 본분을 다하기 위해
우리의 창작욕을 잠시 재워 두려 합니다.
이에 1년 3개월간 지속되고 총 43개의 습작과,
1개의 충북도청백일장대회 우수상을 배출한
청주여자고등학교 비공식 클럽인 삼행시클럽을
오늘 김민영 학생의 최우수 삼행시 낭독을 끝으로 종료합니다.
제목은 '김민영'.

정희가 자리에 앉고 민영이 앞으로 나와 선다.

정희, 운을 띄운다.

민영이 삼행시를 낭독한다.

정희

김

민영

김씨 성을 가진 사람들이 너무 많다.

그래서 김씨들이 모여

가장 효용 없는 한 사람을 추방하자 회의를 했다.

정희

민

민영

민영아. 누군가가 내 이름을 불렀다.

나는 변호하고 싶었다.

정희

영

민영

영원히 제가 이대로 살아가진 않을 거예요.

CUT TO

교복을 단정히 입고 창문 앞에 앉아 있는 정희와 수산나.

민영, 삼각대에 올려진 핸드폰 카메라의 타이머를 설정한다.

민영

이건 백 프로 흑역사 생성이다.

정희와 수산나 사이에 가서 앉는 민영.
찰칵.

TITLE IN : 성적표의 김민영

S# 2. 교실 — 낮

자습하는 반 학생들.
문제집에 그림을 그리는 정희, 옆에서 과자를 먹으면서 공부하는 민영.
어디선가 방귀 소리가 들린다. 정희, 갑자기 헛기침한다.

S# 3. 학교 뒤편 — 저녁

정희와 민영, 수산나와 다른 학생과 2:2 배드민턴을 치고 있다. 나무 사이에 이불을 묶어 네트를 만들어 놨다.
이때, 민영이 득점을 한다.

수산나

야. 타임 타임. 야 3분 타임.

민영과 정희, 서로 쳐다보며 황당해한다.

민영

야. 애들 게임에 타임이 어딨어.

수산나

있어. 작전 회의.

수산나, 다른 친구를 데리고 구석으로 간다.
민영, 어이없어하며 바닥에 앉는다. 정희도 따라 앉는다.

정희

여기서 작전이 필요해?

민영

몰라. 왜 저래 진짜.

정희

냅 둬. 안됐잖아.

작전을 짜는 반대편 학생들을 구경하는 정희.

민영

야. 너 그림 그려 보는 건 어때?

뭔가 너가 좋아하고 못하진 않으니까

끝난 거 아니야?

정희, 민영을 한번 쳐다보고는, 다시 반대편 학생들을 본다.

정희

(한참 후에) **아 그럼 너도 프로게이머 하면 되겠다.**

민영

(정색하며) **야. 나 많이 안 해.**

수산나

야 시작. 빨리 일어나.

일어서는 정희와 민영. 그 사이 셔틀콕이 날아온다.

민영

(웃으며) **야, 씨.**

교실의 맨 뒷자리 창가 쪽에 앉아 있는 정희. 오른쪽 앞에 있는 할머니 수험생을 보고 있다. 할머니 수험생, 안경 케이스에서 돋보기를 꺼내 쓰고는 자신의 수험표를 자세히 들여다본다.

감독관(V.O)

OMR 카드에 마킹 잘해 주시고

교체 시에 손 들어 주시면 바꿔 드리겠습니다.

수험표랑 주민등록증 책상에 다 올려 주시면

돌아다니면서 체크하겠습니다.

정희 앞에 앉아 있던 한 남학생(정일, 19), 한참 동안 가방을 뒤지더니 소심하게 손을 든다.

감독관 (V.O)

핸드폰 안 내신- 네, 핸드폰?

정일

저… 시계를 못 가져왔는데…

앞자리의 정일을 쳐다보는 정희.

정일

(떨리는 목소리로) **혹시 손목시계 빌릴 수 있을까요?**

감독관 (V.O)

저도 시계 봐야죠.

정일, 일어나 교실 앞에 가방을 내고 다시 자리에 앉는다.
고개를 숙이고 있는 정일의 뒷모습. 자세히 보니 눈물을 훔치고 있다.
정일을 톡톡 치는 정희의 손. 정일이 뒤돌아본다.
정희, 손목시계를 내민다. 검정 가죽끈에 시계 알에는 카우보이 그림이 그려져 있다.

S#8. 수능 고사장 교실 — 낮

시험 시간. 정일의 책상 위에 올려져 있는 정희의 시계. 정일, 열심히 문제를 풀고 있다.
집중한 학생들 사이 정희, 알 수 없는 표정으로 창밖을 내다보고 있다.
창밖으로 보이는 겨울의 텅 빈 운동장.

S#9. 수능 고사장 교실 — 오후

수능이 끝난 시끌벅적한 교실 안.
정희가 가방을 챙겨 일어나 정일에게 간다.
시계를 반쯤 깔고 엎드려 있는 정일. 자세히 보니 서럽게 울고 있다.
정희, 정일을 지나쳐 교실을 나간다.

S#10. 수능 고사장 운동장 — 오후

학생들이 거의 다 빠져나간 텅 빈 학교의 전경. 뒤늦게 나온 학생들의 웃음 섞인 비명이 멀리까지 들린다.

정희, 운동장 구석에 자전거를 세워 놓고 누군가에게 전화를 걸고 있다.

S#11. PC방 — 오후

PC방에서 집중해서 게임을 하고 있는 민영.

키보드 옆에는 답을 옮겨 적은 수험표 뒷장과 마운틴듀 캔이 놓여 있다.

S#12. 수능 고사장 운동장 — 오후

정희, 전화를 끊고는 자전거에 올라탄다.

자전거를 타고 운동장을 가로지른다.

FADE OUT

S#13. 대구대 교문 앞 — 낮

4개월 후 봄.

[대구 지역 방송 화면]

학생들이 지나다니는 대구대 정문 앞.

목에 청진기를 걸고 있는 한 여자 리포터가 마이크를 잡고 서 있다.

리포터

막무가내로 질문한다! '상식청진기'.
안녕하세요, 저는 여러분들의 귀염둥이 장나리입니다.
저는 지금 대구대 앞에 나와 있는데요.
올해는 6.25 전쟁 70주년이죠. 그래서 오늘은!
젊은 층들이 6.25에 대한 올바른 지식을 갖고 있는지
진단해 보도록 하겠습니다.
아. 저기 청자켓 동호회 학생들이 지나가네요.
한번 만나 보겠습니다. 따라오시죠.

리포터, 지나가던 민영 무리(다들 청 재킷을 입고 있다.)를 잡고, 민영에게 마이크를 내민다.

리포터

6.25 전쟁은 북침이다 남침이다?

민영, 옆의 친구들의 눈치를 본다. 친구들, 시선을 피한다.

민영, 당황한 듯 잠시 고민한다.

민영 동기 1

(다른 동기에게 귓속말로) **야 대박 이거 〈상식청진기〉 아니야?**

민영

(한참 동안 생각하다가) **아니 근데 언론이…**

한국 젊은이들의 역사 인식이 안 좋을 거라고

미리 결말을 정해 놓고 저한테 질문하신 거 아니에요?

말을 마치고 바로 자리를 떠나는 민영.

민영 무리, 웃음을 참으며 서로 눈빛을 주고받다 민영을 따라간다.

리포터

(카메라를 보며) **네. 진단 실패~**

대구대 청자켓 동호회 학생들은 호락호락하지 않네요~

저 장나리는 조심스럽게 이렇게 말해 보고 싶습니다.

장차 한국을 이끌어 나갈 젊은이들의 한국 역사 바로 알기,

미래가 있긴 한 걸까요?

다음 학생을 만나 보시죠.

S#14. 테니스코트 — 낮

우거진 나무들로 둘러싸인 한적한 테니스코트.

몇몇 아저씨들이 테니스를 치고 있다.

저 멀리 테니스장 관리실이 보인다.

S#15. 테니스장 관리실 — 낮

'청주 나달 테니스장' 글씨가 쓰여 있는 관리실 안.

말없이 서로 마주 보고 앉아 있는 사장님(48, 남)과 정희.

사장님, 이력서를 보고 있다.

사장님

(고개를 들며) **지원 동기가…?**

정희

테니스의 왕자를 찾으러 왔습니다.

사장님

하하하 재밌는 친구네.

(이력서를 보며) **나이가… 더 어려 보이는데?**

여기 다 아줌마 아저씨 들인데.

학생은 못 할 것 같아. 미안해.

정희, 이력서를 받아 인사하고 나가려는 순간, 관리실 안으로 테니스 공이 날아 들어온다. 여기저기 튕기는 공을 보고 있는 정희와 사장님. 그때 관리실 문이 벌컥 열리고, 테니스복 차림의 한 남학생이 땀을 닦으며 들어온다.

있다.

계단에 앉아 민영과 통화를 하고 있는 정희. 핸드폰 너머로 가게의 시끄러운 음악과 웃고 떠드는 소리들이 들린다.

민영(V.O)

(웃으며) **야 진짜 내일 아침 은퇴하면 대박.**

너 우유 돌려야 되는 거 아니야?

정희, 어색하게 웃는다.

민영(V.O)

야. 나도 축하한다.

그래도 너가 뭘 붙어서 한다는 게 신기하네.

면접은 어떻게 봤어?

정희

그냥 봤지. 야. 우리 삼행시클럽 언제 모일까.

수산나가 반대편에 사는데 언제 해야지?

우리 뭐 방식 같은 거는 그대로 하면 되겠지?

민영(V.O)

뭐라고? 좀 크게 말해 봐.

여기 시끄러워서 잘 안 들려.

정희

뭐 방식 같은 건 그대로 해?

민영(V.O)

잠깐만 나가서 받을게.

정희

아니야. 그냥 다음에 얘기하자.

민영(V.O)

어. 그래. 내가 다시 할게.

전화를 끊는 정희. 주변이 조용하다.

S#19. 정희 방 — 밤

정희가 침대에 누워서 침대용 핸드폰 거치대에 매달린 핸드폰으로 고전 영화를 보고 있다.

S#20. 정희 집 거실 — 아침

정희, '청주 나달 테니스장' 유니폼을 입은 채 밥을 먹고 있다.

늦은 듯 급하게 가방을 챙겨 거북이한테 먹이를 주고 뛰어나간다.

S#21. 테니스장 관리실 — 아침

긴장해 앉아 있는 정희, 자세를 고쳐 본다.

아저씨 손님이 온다.

아저씨 손님

이번 주 금요일 날 예약할게요.

정희

아… 네… 잠시만요…

정희, 명단 노트를 한참 넘기며 찾는다.

아저씨 손님

천천히 해요.

하품하는 아저씨 손님.

정희

어… 그… 아침에 예약이 다 있는데…

오전에… 아니 1시에… 1시… 어…

(아저씨를 보며) 혹시 올림피아 분이신…? 아… 아니세요?

(노트를 보며) 아… 그러면… 1시부터 될 것 같은데… 아닌가…

(아저씨를 보며) 아 잠시만요…

(한참 동안 다시 노트를 읽으며) 아. 1시에 오시면 될 것 같아요.

아저씨 손님

그래요. 그럼 1시로 해 줘요. 세 시간만 쓸게요.

정희

아… 네. 알겠습니다. 안녕히 가세요.

아저씨 손님

이름 안 말해 줘도 돼요?

정희

(당황한 듯 놀라며) 아. 성함이랑 연락처…

S#22. 테니스장 화장실 — 낮

정희가 고무장갑을 끼고 변기 뚜껑을 연다.

연두색 테니스공이 변기 구멍을 막고 있다.

S#23. 테니스장 — 저녁

어둑해진 테니스장.
정희가 물건들을 정리하고, 바닥에 떨어진 공들을 줍는다.
바로 뒤쪽 그물 벽 너머에는 혼자서 테니스를 치고 있는 정일이 보인다.

CUT TO

깜깜해진 하늘. 정희가 테니스장 관리실 불을 끄고 문을 잠근다.
자전거를 타고 코트를 가로지른다.

S#24. 정희 방 — 밤

스탠드만 켜져 있는 어두운 방 안.
머리가 덜 마른 듯 수건을 목에 걸고 있는 정희. 책상에 앉아서 뭔가를 쓰고 있다.

[정희의 노트]

까먹지 말아야 할 것들!

- 뒷산 날아간 테니스공 회수(출근하자마자)

- 9시 출근 후 1번 코트 새똥 치우기

- '독수리테니스클럽' 매주 월요일 예약, 우선순위로 잡기

- 테니스대회 대여 문의 시 2주 치 스케줄 먼저 파악 후(클럽 4개 회장님들 전화 후) 스케줄 확인해서 사장님 보고드려서 결정하기

S#25. 정희 방 — 화상채팅 — 밤

정희와 수산나가 화상채팅을 하고 있다.
한낮으로 보이는 수산나의 화면. 'Harvard'라 적힌 후드티를 입고, 기숙사처럼 보이는 곳에 있다. 수산나 뒤로 외국인 룸메이트가 지나간다.

수산나

여기 근데 뭐 그렇게 별거 없어.

그냥 다 똑같은 사람이지.

정희

야. 나 돈 모아서 내년에 민영이랑 놀러 가도 돼?

수산나

근데 나도 기숙사여서 재워 줄 순 없는데.

그래도 오면 완전 좋지.

정희

너네 학교 식당 가서 밥 먹자.

수산나

거긴 당연히 가야지.
그럼 너는 점심은 누구랑 먹어?

정희

알바가 나밖에 없는데?
그냥 뭐 싸 가든가 시켜 먹어.
자리를 오래 비우기가 좀 그래서.
못 믿겠지만 은근히 내가 없으면 안 돌아가거든.

수산나

일은 재밌어?

이때, 민영이 뒤늦게 접속한다.

민영

SOOSANNA~ What's up~

수산나

야. 너 지금 몇 신지 알아?

민영

알아. 미안. 진짜 사정이 있었어.

CUT TO

민영, 눈동자를 굴려 주위를 둘러본다.

민영

스탠드?

수산나

내가 해 줄게. 스.

민영

스마트컨슈머

수산나

탠

민영

텐… 텐프로 아가씨

수산나

드

민영

잠깐. 다시 할게. 갑자기 기억이 안 나서.

수산나

Love Sanna.

CUT TO

정희

유정희.

수산나

그거 했잖아, 옛날에.

정희

새로 할게.

민영, 무표정한 얼굴로 운을 띄운다.

정희가 노트를 한 번씩 보면서 시를 읊는다.

민영

유

정희

유람선의 정기권을 끊었다.

이걸 타고 매일 출근을 할 것이다.

민영

정

정희

정답을 알 길이 없는 두려운 생각들이 물을 더럽힌다.

그것들은 이 바다의 미세먼지다.

민영

희

정희

창밖을 보며 감성에 젖는 출근길은 없다.

민영

희

정희

그럼에도 어딘가에

민영

희

정희

희망과 기대의 순간들이.

그 길에서 외로운 정화 작업을 진행 중.

S#26. 테니스장 관리실 — 낮

옛날 시트콤이 틀어져 있는 관리실 안.
정희, 창구 밖으로 테니스 치는 사람들을 보며 색연필로 그림을 그리고 있다. 그림 옆에 '청주 나달 테니스장 회원 모집', '테니스 치기 좋은 계절입니다' 글씨가 쓰여 있다.

FADE OUT

S#27. 테니스장 관리실 — 낮

여름. 시끄러운 빙수기 소리. 정희가 열심히 팥빙수를 만들고 있다.
앞에서 기다리고 있는 아저씨 손님들.
관리실 앞에 붙어 있는 종이가 보인다.
'여름 한정 팥빙수 판매 중. 7월~안 더울 때까지'.

S#28. 테니스장 뒷산 — 낮

선글라스를 낀 정희가 나무 그늘 밑에 앉아 팥빙수를 먹고 있다.

S#29. 테니스장 — 낮

정일이 테니스장 철창 옆의 간이 의자에 앉아 팥빙수를 먹고 있다.
목에는 수건을 건 채, 테니스복을 입고 있다. 바닥에는 라켓이 놓여 있다.
팥빙수를 먹던 정일, 고개를 돌리다 뒷산의 정희와 눈이 마주친다. 어색하게 목 인사를 한다.
정희도 정일을 보곤 어색하게 인사를 한다.

S#30. 테니스장 — 오후

정희가 테니스장에 떨어진 공을 줍고 있다.
정일, 반대쪽 벽 뒤에서 혼자 테니스를 치다 정희를 보고 문을 통과해 와 같이 공을 줍는다.

정희

아. 고마워.

정희, 말없이 땅만 보고 공을 줍는다.

S#31. 테니스장 관리실 — 오후

정일이 관리실에 앉아 수능 문제집을 풀고 있다.
잠시 후, 정희가 관리실 창구로 뛰어와 들고 온 검정 봉지를 내려놓는다. 봉지를 뒤집자 나오는 쌍쌍바 세 개.

정희
두 개만 사려 했는데
자꾸 한 개 더 가져가라 해서.

CUT IN

편의점 계산대. 알바생이 계속 '2+1 행사' 팻말을 가리키고, 정희는 계속 괜찮다며 손을 젓는다.

S#32. 테니스장 천막 — 오후

한적한 테니스장.
천막 아래 목욕탕 의자에 나란히 앉아 있는 정희와 정일. 아이스크림을 빠르게 먹고 있다. 정희, 입이 얼얼한지 김을 내 본다.
정희가 남은 아이스크림을 입에 넣고는, 새로운 쌍쌍바를 뜯어서 반으로 쪼갠다.

S#33. 정희 집 — 저녁

정희가 유니폼을 입은 채 집 안으로 뛰어 들어온다.

정희를 보고 놀라는 정희 엄마.

정희 엄마

무슨 일 있어?

정희

아냐 아냐. 저번에 그거 어딨지?

작년에 쓰고서 어디다 뒀지?

아… 빨리 가야 되는데…

정희 엄마

저녁은 먹었니?

베란다에 들어가 장을 뒤지는 정희.

정희

응.

정희 엄마

일은 어쩌고?

정희

아… 다시 갈 거야.

정희 엄마

사장님 뭐라 안 하셔?

S#34. 테니스장 앞 계단 — 저녁

유니폼을 입은 정희가 테니스장 계단을 오르고 있다.
목에는 작은 전구 줄을 감고 있고, 한 손에는 크리스마스트리, 다른 손에는 장식들이 삐죽 나온 봉지 등 한가득 짐을 들고 있다.

S#35. 테니스장 관리실 입구 — 저녁

정희가 운동장을 가로질러 관리실 쪽으로 뛰어온다.
창에 붙은 '식사 중' 팻말을 뒤집고는 관리실 안으로 들어간다.

S#36. 테니스장 관리실 — 저녁

정희, 가져온 크리스마스 장식으로 관리실 안 여기저기를 꾸민다.

S#37. 정희 방 — 화상채팅 — 밤

화상채팅 화면 속 낮으로 보이는 기숙사 방 안.

달라붙는 검은색 티에, 1:9 가르마, 짙은 스모키 눈화장을 하고, 큰 링 귀걸이를 한 수산나의 모습이 보인다.

수산나와 정희, 화상채팅을 켜 놓고 말없이 각자 할 일을 하고 있다.

정희, 방 책상에 앉아 노트에 '이달의 계획'을 적는다. 옆에는 선풍기가 켜져 있다.

멀찍이 놓인 음료수병에 빨대 세 개가 길게 연결되어 있고, 빨대에 양파링이 잔뜩 꽂혀 있다. 음료를 마시는 정희.

[정희의 노트]

<이달의 계획>

- 세계문학전집 읽기 (소공녀, 홍당무)

- 개인기 만들기 (저글링, 켄다마, 스케이트보드)

- 테니스장에서 멋진 그림 완성

- 꾸준히 삼행시 훈련

- 어학 공부

- 명상

- 밤 운동

…

정적을 깨고 말하는 수산나.

수산나

야, 그냥 다음에 하자.

정희

좀만 있으면 올 거 같은데.

저번에도 이 시간 때 들어왔거야야야야야야.

너, 민영이 TV 나온 거 알아?

수산나

… 나 너무 피곤해 가지고.

다음에 하면 안 될까?

정희

아, 어. 미안… 다음에 보자. 얼른 쉬어.

수산나

정희야, 근데 솔직히 너네 너무 이기적이지 않아?

정희

어?

수산나

여기 지금 낮 12시야.

너네는 일과 다 끝내고 하는 거고,

나는 지금 시간 내서 겨우 준비해서 하는 건데,

그냥 배려를 안 해 주고 있다는 생각이 들어서 솔직히 하기 싫어.

아니다. 이건 내가 말이 심했고,

그냥 좀 피곤하고 어쨌든 그래. 다음에 얘기하자. 나중에 봐.

수산나의 화면이 꺼진다.

CUT TO

정희, 빈 화상채팅 화면을 보다가, 노트의 '이달의 계획' 글 옆에 의미 없이 볼펜을 칠한다.
중간중간 노트북 화면을 확인하는 정희.

S#38. 테니스장 뒷산 입구 — 낮

유니폼을 입고 바구니를 든 정희가 쪽문을 통해 뒷산으로 들어간다.

S#39. 테니스장 뒷산 — 낮

테니스장에 붙어 있는 뒷산. 군데군데 떨어져 있는 테니스공들이 보인다.
공을 줍다 잠시 앉아 쉬는 정희, 산속을 유심히 바라본다.

우거진 숲속 풍경.
테니스장의 소음이 잦아들며, 깊은 숲의 새소리만이 들린다.
한참 후, 다시 테니스장 소리 들려오며,

아저씨(V.O)

학생~ 여기 변기 막혔어~

정희, 공이 든 바구니를 들고 내려간다.

S#40. 테니스장 관리실 — 낮

시트콤이 무음으로 틀어져 있는 관리실 안, 곳곳에 크리스마스 장식이 보인다.
정희, 자리에 앉아 멍을 때리고 있다. 책상 위엔 먹다 만 우유와 빵이 보인다.
이때 울리는 전화벨 소리. 한참 울리고서야 전화를 받는 정희.
사장님이 관리실로 들어온다. 통화가 끝나기를 기다리면서 정희가 해놓은 장식을 만진다.

사장님

(혼잣말로) **뭐야 이건.**

정희가 전화를 끊는다.

사장님

점심시간인데 쉬면서 해.

정희

괜찮아요.

사장님

요즘 일이 한가하지?

정희

아, 제가 전에 전단지 만들어 본 게 있는데
괜찮으시면 돌려 볼까요?

사장님

전단지를 너가 만들었다고?

정희

네.

사장님

부담스럽다, 야.

정희

아, 그냥 대충 한 거예요.

사장님

정희야, 근데… 혹시 잠깐 뒤돌아 줄 수 있을까?

정희

네? 뒤…

사장님

잠깐 뒤돌아 앉아 줄 수 있을까.

정희

네…? (뒤돌아 앉으며) 이렇게요?

정희의 뒷모습만 화면에 보인다.

사장님(V.O)

아니 얼굴 보고 말하기가 좀 그래 가지고…
이런 말 하기 좀 그런데, 요즘 경기가 너무 안 좋아서…
인건비도 너무 올랐고…
아무래도 우리 아들놈이 일하게 될 거 같아.
오늘은 다 한 걸로 쳐 줄 테니까 이만 퇴근하고.

미동 없는 정희의 뒷모습.

S#41. 테니스장 관리실 — 저녁

정일이 관리실 의자에 앉아서 문제집을 풀고 있다.
이때, 피자 박스를 들고 관리실 안으로 들어오는 사장님.

사장님

(박스를 내려놓으며) 먹고 해.

정일, 쳐다보지 않고 문제만 푼다.
사장님, 피자 박스를 열고, 옆에 놓여 있는 연유를 피자 위에 뿌린 뒤 한 입 베어 문다.
피자를 먹는 사장님과 말없이 공부하는 정일.
한참 동안의 정적.

정일

아빠는… 내가 친구가 없었으면 좋겠지?

사장님, 피자를 먹다 말고 정일을 본다.

S#42. 정희 방 — 아침

정희, 침대에서 자다가 눈을 뜬다. 시계를 본다. 오전 7시 30분.
다시 눈을 감는다.

S#43. 정희 방 — 낮

어두침침한 방 안. 커튼 틈으로 밝은 빛이 들어온다.
정희, 옆으로 돌아누운 채 침대 옆 거북이 수조를 보고 있다.
삑삑삑삑. 밖에서 도어락 소리가 들리고, 이어서 통화를 하며 집에 들어오는 정희 엄마의 목소리가 들린다.

S#44. 정희 집 거실 — 낮

정희 엄마, 통화를 하며 식탁에서 물을 마시고 있다. 통화를 마치고는 안방 문을 닫고 들어간다.
잠시 후, 외출복의 정희, 작은 크로스백을 메고 몰래 집을 나간다.
문이 닫히는 도어락 소리가 들리자 정희 엄마, 안방 문을 열고 거실을 확인한다. 아무도 없는 빈 거실.

S#45. 햄버거 가게 — 저녁

정희, 동네 햄버거 가게 창가 자리에 앉아 음료를 마시고 있다. 그 옆으로 알바생이 바닥 청소를 하고 있다.
이때 정희의 핸드폰이 울린다. 정희, 핸드폰을 가지고 밖으로 나온다.

S#46. 햄버거 가게 앞 — 저녁

가게 앞으로 나와 전화를 받는 정희. 민영이다.

정희

여보세요.

민영(V.O)

어. 뭐 해?

정희

나? 그냥 있어. 너는? 집이야?

민영(V.O)

어. 야, 오늘 진짜 왜 이렇게 덥냐.

거기도 더워?

정희, 골목 쪽으로 걷기 시작한다.

S#47. 길거리 골목 — 저녁

주황빛의 가로등이 비치는 어두한 골목. 정희가 통화를 하며 걸어간다.

정희

저녁 되니까 조금 살 만한데.

민영의 핸드폰 너머로 현관 노크 소리가 들린다.

민영(V.O)

정희야, 잠깐만. 나 3분만 있다 전화할게.

정희

어어.

정희, 통화를 끊고 골목 벽에 붙어 있는 홍보 게시판을 구경한다.
여러 개의 전단지, 주민 안내장 등이 붙어 있다. 그중 '홍덕구청 자연 사랑 그림 그리기 대회' 공모 포스터를 본다.
민영한테 다시 전화가 온다. 전화를 받으며 다시 걷기 시작하는 정희.

민영(V.O)

야. 너 우리 집 놀러 와라.

정희

(말이 끝나자마자 바로) 어, 그래. 너 대구대 앞에 산댔나?

민영(V.O)

아. 야, 나 방학했지~ 서울에 있어!

정희

서울? 에~? 왜?

민영(V.O)

나, 오빠 군대 가 가지고 서울 집 비어 있잖아.

그래서 방학 때 계속 여기 있을 거야.

정희

아, 진짜? 그럼 서울로 가?

민영(V.O)

너, 거기 쉬는 날이 언제였지? 낼 쉬나?

정희

어… 어. 내일 괜찮아.

민영(V.O)

그럼 와서 하루 자고 가. 너무 갑작스럽나?

정희

아니? 재밌을 것 같은데?

민영(V.O)

응. 주소 보낸다!

S#48. 햄버거 가게 앞 — 저녁

전화를 끊고, 골목 한 바퀴를 돌아 다시 가게로 돌아온 정희.
불이 꺼진 가게. 문을 열어 보지만 잠겨 있다.
당황한 정희, 유리창 안을 들여다본다.
정희가 앉아 있던 테이블 위, 정희의 작은 크로스백이 놓여 있다.

S#49. 정희 방 — 밤

방바닥에 캐리어가 펼쳐져 있고, 정희가 왔다 갔다 하며 짐을 싸고 있다.
옷 위에 보난자(보드게임), 퍼즐, 고무동력기 박스 등을 넣는다. 부엌에 가 참외와 햇반도 가져온다. 침대 밑에서 배드민턴 채를 꺼내 캐리어에 넣으려 하지만 사이즈가 맞지 않는다.

정희

(혼잣말로 나긋하게) 안 돼. 들어가.

캐리어를 닫으려 애쓰는 정희.

S#50. 청주 길거리 — 아침

한 손으로 배드민턴 채가 거꾸로 담긴 비닐봉지를 들고, 다른 한 손으로는 캐리어를 끌고 가는 정희. 백팩과 크로스백을 메고 있다. 횡단보도를 건넌다.

S#51. 편의점 앞 — 아침

편의점 야외 테이블에 앉아 음료수를 마시며 쉬는 정희. 이마에 땀이 흘러내린다.
짐을 다시 바리바리 싸서 일어난다. 입으로 캔을 물어 쓰레기통에 버린다.

S#52. 청주 시외버스터미널 야외 대합실 — 아침

정희, 의자에 앉아 있다.
무릎 위에 올려놓은, 천으로 된 백팩 바닥에 정희의 이름과 전화번호가 세로로 적혀 있다.
잠시 후, 승강장에 도착하는 버스.

S#53. 서울 거리 — 아침

이른 아침이라 한산한 서울 도심의 거리.
정희가 주변 가게들을 구경하며 걸어간다.

S#54. 민영 오빠 집 앞 복도 — 낮

정희, 가방을 멘 채 민영의 집 문 앞 계단에 앉아서 바나나를 먹고 있다. 옆 바닥에는 캐리어와 배드민턴 채, 바나나가 각각 들어 있는 봉지 두 개가 있다.
이때 건물 현관문을 열고 급하게 들어오는 민영. 딱 붙는 검정 가죽 치마에 빨간색 니트 목폴라 반팔티를 입고 털모자를 쓰고 있다. 손에는 두꺼운 토익책들을 들고 있다.
계단을 올라 정희를 지나 열쇠로 문을 연다.

민영

미안. 미안. (집 문을 따며) 트렁크 뭐야?
하루 있다 가는 거 아니야?

정희

(당황한 듯 웃으며) 미니백인데?

민영, 문을 열어 놓고 집 안으로 먼저 들어간다.

S#55. 민영 오빠 집 거실 — 낮

신발장에 놓여 있는 큰 택배 박스. 민영이 박스를 피해 집 안으로 들어간다. 바로 방으로 들어가는 민영.
곧이어 정희가 박스를 안으로 밀어 넣으며 짐을 들고 들어온다.

정희

박스 뭐야?

민영

(방 안에서) **그거 화장댄데, 한 일주일 됐나?**

정희는 바나나 껍질을 든 채 집 구경을 한다.
방을 둘러보고 창문도 열어 본다. 싱크대 쪽으로 와 껍질을 어디에 버려야 할지 몰라 내려놨다 집었다 하다 싱크대 구석에 놔둔다.
편한 옷으로 갈아입은 민영, 노트북을 가지고 거실로 나온다.
민영, 작은 1인용 상에 앉아 노트북을 켠다. 그 옆에 조금 떨어져 앉는 정희.
한참 동안 서로 말이 없는 두 사람. 노트북 부팅 소리만 들린다.

민영

(정희를 보고) **화장했어?**

정희

(당황해 웃으며) 응? 아니.

민영, 정희를 다시 한번 쳐다보곤 노트북 작업을 한다.

정희, 어색한 분위기에 웃음을 터뜨리며,

정희

인터넷 카페 첫 정모 같네.

민영

(같이 웃다가) 왜. 아! 야. 나 토익 학원 다녀.

서울로 편입하려고.

정희

편입? 왜? 대구 좋다며.

민영, 고개를 젓는다.

정희

근데 벌써 준비해?

민영

나 빠른 것도 아니야.

민영, 네이버에 '대구대학교 통합정보시스템'을 검색한다.

민영

(고개를 저으며) 편입 성공하면

할아버지가 이 집 나 준대. 짱이지.

그럼 제일 먼저 오빠 내쫓을 거야.

정희

너 또 속고 있는 거 같은데?

전에도 30등 올리면 오토바이 사 준다 했는데.

민영

어차피 면허 없어서 오토바이 못 타.

야. 이제는 학번이랑 비번까지 알려 달라고 해.

성적 찾아본다고. 막 학사 일정 나보다 더 잘 알아.

왠지 알아? 할 게 없거든.

또 보수적이긴 얼마나 보수적인데.

왜 지난번에 선거 때 할아버지 편찮아 가지고

가족들 되게 기뻐한 거 알아?

정희

왜?

민영

(작게 속삭이며) 투표하러 못 가서.

살아온 세월이 있으니까 사람이 바뀌지지가 않는 거야.

말하는 민영 뒤로 거실에 크게 걸려 있는 아홉 명의 남자 친인척끼리만 찍은 가족사진이 보인다. 가운데에 군복을 입은 할아버지가 앉아 있고, 그 뒤로 민영의 오빠와 몇몇 정장과 군복을 입은 남자들이 있다.
정희가 그 사진을 빤히 보고 있다.
민영, 대구대 통합정보시스템에 로그인한다.

민영

(로그인하며) 액자 더 좋은 걸로 바꿀까 봐. 순금 같은 거.

정희

순금?

민영

도둑이 훔쳐 가게.

정희, 계속 사진을 보고 있다.
곧이어 꺅, 하는 민영의 비명.

S#56. 민영 오빠 집 거실 — 낮

노트북 화면에는 민영의 1학년 1학기 학점이 떠 있다. 대부분 B, C로 가득한 성적표.
정희와 민영, 나란히 앉아 노트북 화면을 같이 보고 있다. 민영은 정희에게 자신이 쓴 메일을 읽어 준다.

민영

안녕하세요, 교수님.
첫 수업 날이 엊그제 같은데
어느새 녹음 가득한 여름이 되었네요.
방학은 잘 보내고 계신가요?
'일반미생물학1' 강의 들은 김민영입니다.
다름이 아니라 오늘 나온 성적 때문에 메일 드립니다.

정희

이렇게 하면 바꿔 줘?

민영

(심각하게) **몰라. 망했어.**

민영, 일어나 화장실로 간다. 정희, 그런 민영을 쳐다보다가 캐리어를 가지고 와 연다.
캐리어 안에 햇반과 보드게임, 만화책, DVD 등 다양한 물건이 들어 있다.

세수를 한 듯 화장실에서 얼굴을 닦으며 나오는 민영이 캐리어를 본다.

민영

뭐야? 지하철 아저씨 가방 훔쳐 왔어?

캐리어 안의 햇반이 점점 확대된다.

정희(V.O)

기억 안 나?

S#57-1. 기숙사 방(회상 — 가을) — 밤

캐리어 속 햇반이 알코올램프 위 쇠 접시에 올려져 있는 햇반으로 디졸브된다.

청주여자고등학교 기숙사 방 안.

한쪽 다리에 깁스를 한 민영이 바닥에 다리를 벌리고 앉아 램프에 불을 붙이고 있다. 민영 옆에는 빨간 다이어리가 놓여 있다.

정희, 침대에 누워 핸드폰 거치대에 매달려 있는 핸드폰을 보고 있다.

민영

야, 나 핸드폰 그냥 정지해 버릴까? 연락도 안 오는데.

정희

핸

민영

어?

정희

핸, 핸드볼 보는 아빠한테

드, 라마 본다고 비켜 달라 했는데

폰, 으로 보래서 아빠랑 싸운 생각 난다.

정색하는 민영.

CUT TO

민영

햇반으로 경단을 만든다고?

하하하하하하. 그게 말이 돼?

하하하하하하. 너가 만들면 내가 팔아는 줄게.

열린 창문 쪽에는 정희가 두 손을 어정쩡하게 벌린 자세로 정지해 있다.

한참 있다 창문 밖에서 치킨이 날아온다. 정희가 치킨을 잡는다.

정희

치킨 왔다. 먹자.

정희가 치킨을 가지고 와 민영 앞에 앉는다.

S#57-2. 기숙사 방(회상 — 초겨울) — 낮

민영, 침대에 깁스를 한 한쪽 발을 올리고 다이어리를 쓰고 있다. 방에는 민영만 보인다.

민영

야. 내가 고무동력기로 전국 휩쓴 거 몰라?
내가 과학의 달만 기다렸던 사람이야.
5분 날리기? 야. 눈 감고도 해.
진짜라니까? 못 믿어?

잠시 후, 참았던 숨을 내쉬며 창문의 커튼 뒤에서 나오는 정희.

S#57-3. 은행 ATM기 안(회상 — 여름) — 저녁

깁스를 한 민영과 정희가 은행 ATM기 옆 바닥에 앉아서 공부를 하고 있다. 쌓인 참고서들 위에는 민영의 빨간 다이어리가 놓여 있다.

민영

백 덤블링?

민영, 뭔가를 생각하는 듯하더니, 다시 공부한다.

민영

(갑자기 고개를 들면서) 대박. 야야야.

대학 가면 장기자랑 시키잖아.

근데 사람들 막 뻔한 거 할 거 아니야. 가요나 부르고.

그럼 우리는 연습해 가지고 거기서 막

백 덤블링 세 번 돌고 그러면

엄청 주목받을 거 같지 않아? 한순간에? 어?

정희가 반응이 없자, 민영, 다시 공부를 하다 갑자기 팔을 뒤로 뻗어 깁스한 다리를 들어 올린다.

S#57-4. 개천가(회상 — 여름) — 아침

비가 많이 쏟아지는 개천 옆 길가.

수영모와 수경을 쓰고 비를 맞으며 자전거를 타는 정희와 민영. 큰 소리로 대화한다.

민영

뭐? 아이스크림?

정희

아니! 아이스링크!

민영

아, 방에 아이스링크 만들자고?

정희

어!

민영

오, 그럼 막 방에서 트리플악셀하고 그러는 거야?

야, 쩐다. 근데 솔직히 녹는점 어는점만 알면 만들 수 있지 않냐?

(사이) **야 근데 막 뾰족한 거 있으면 갑자기 번개 맞고 그러지 않냐?**

그때 요란한 천둥소리. 곧이어 꺅, 하는 비명.

S#58. 민영 오빠 집 거실 — 낮

민영의 손에 들려 있는 〈김민영이 쏘아 올린 작은 공〉 리스트

1. 햇반으로 경단떡 만들기

2. 백 덤블링 성공하기

3. 고무동력기 5분 이상 날리기

4. 미니스케이트장 만들고 트리플악셀 성공하기

5. 밤새서 1000피스 퍼즐 맞추기

6. 밥 먹으면서 쏘우 보기

…

민영, 조금 귀찮은 듯 곤란한 표정이다.

민영

(기억났다는 듯이) 아, 이거…

(바닥에 종이를 내려놓으며) 근데 오늘 안에 다 못할 텐데…

그냥 나 메일만 보내 놓고 영화나 보러 가자.

정희

(쿨한 척하며) 영화? 영화 좋지.

어어, 응, 그래. 봐. 뭐 볼래?

민영

아무거나?

민영, 자리로 가 앉아 다시 노트북 작업을 한다.

[민영의 노트북 화면]

1, 2차 시험 결과도 괜찮았고, 현미경 실습 노트도 정말 누구보다 열심히 그렸는데, (민영, '아…' 소리를 내며 '누구보다'라는 단어를 지운다.) 성적에 대해 여쭤 보고 싶어서 메일 드립니다.

리스트를 멋쩍게 매만지는 정희.

S#59. 영화관 에스컬레이터 — 낮

정희와 민영, 에스컬레이터를 타고 있다.
다 올라가자 화려한 조명에 VR 게임을 하는 사람들이 보인다. 신기한 듯 구경하는 둘.

S#60. 영화관 로비 — 낮

현재 상영 중인 영화 포스터를 보고 있는 둘.
정희, 팸플릿을 읽으며 감탄한다. 반면 시큰둥한 민영.

민영

(포스터들을 보며) **보고 싶은 게 없다.**

정희

(팸플릿을 보여 주며) **외계인이랑 고양이가 사랑에 빠진대.**

민영

글쎄. 재밌을까?

민영의 말에 정희, 주위를 둘러본다.

S#61. 영화관 오락실 — 낮

오락실에서 혼자 인형 뽑기를 하고 있는 민영, 인형을 놓치고 허탈한 듯 있다 반대쪽에 있는 정희를 쳐다본다.
집중해서 조이스틱 격투 게임을 하고 있는 정희.
잠시 후, 정희 옆에 와 앉는 민영. 둘은 게임 화면을 집중해서 쳐다본다.

CUT TO

북 게임을 하고 있는 정희와 민영. 신나는 노래에 맞춰 북을 두드린다.

정희

어, 왜 안 돼?

민영

너무 쉬운데?

계속 북을 두드리는 두 사람. 신나 보인다.

S#62. 민영 오빠 집 거실 — 오후

집에 들어오는 둘. 정희는 아까 한 북 게임의 음악을 흥얼거리고 있다. 민영, 바로 노트북 앞에 앉는다.

민영

어! 답장 왔어.

정희, 허밍을 멈추고 민영 옆에 앉는다.

정희

뭐래. 바꿔 준대?

민영

몰라. 상관없는 말만 하는데?

정희, 자리에서 일어나 냉장고 문 쪽으로 향한다.

정희

언제 끝나?

정희, 냉장고 문을 열어 안을 구경한다.

정희

(냉장고 속 푸딩을 집어 냄새를 맡으며) 오. 푸딩 있네?

민영

(놀라서 뒤돌아보며) 아야, 그거 누구 줄 거야.

그거 빼고 진짜 다 먹어.

정희, 푸딩을 제자리에 내려놓는다. 푸딩 외에 파, 다진 마늘, 레몬, 불고기 양념 소스 통만이 있는 텅 빈 냉장고 안.
정희, 냉장고 문을 닫고 노트북 작업을 하는 민영을 쳐다본다.

S#63. 민영 오빠 집 거실 — 오후

거실 TV에 케이블 선을 연결하고 있는 정희.
다 연결하자 TV 모니터에 민영의 노트북 화면(메일 창)이 뜬다.

민영

정신 사나운데?

정희

아냐. 다 이렇게 해.

민영, 못마땅한 표정이다.

민영이 자리를 비키지 않아 정희가 상 밖에 앉아 팔만 노트북에 뻗는다.

화면 가득 민영의 메일 창이 나온다. 정희가 타자를 친다.

[저는 지금 유럽 여행 중입니다. 저는 지금 프랑스 아비뇽입니다.]

민영, 아무 말도 없다.

정희(V.O)

그니까 절박함을 어필하는 거지.

내가 유럽 여행 와서도 이걸 보낼 정도로 절박하다.

정희, 민영의 눈치를 살핀다. 민영, 뭔가 맘에 안 드는 듯, 짜증 난 듯.

화면에 방금 썼던 문장이 지워진다.

정희(V.O)

미안. 좀 신박하게 해 보려 그랬는데 아닌 것 같다.

아니면은 그냥 솔직하게.

타자를 빠르게 치는 정희의 손. 화면에 다시 문장들이 보인다.

[제가 남들보다 공부를 많이 하지 않았다는 건 사실일 수 있습니다. 하지만 이건 실습 위주의 과목으로, 실습과 노트 작성에 많은 시간과 노력을 투자했습니다. 2학기 때라도 정정을 위해 찾아뵙-]

화면이 사라지면서 '입력 신호가 없습니다'라는 알림이 뜬다.
민영, 노트북-TV 연결선을 손에 들고 있다.

민영
야, 누가 교수한테 이렇게 쓰냐.
아, 너 그냥 나가 있어.

S#64. 길거리 — 오후

주택가 근처 거리. 정희가 어디론가 걸어가고 있다.

S#65. 떡볶이집 — 오후

떡볶이집 간판이 보인다. '매콤달콤한 카레 떡볶이.'
그 앞에서 기다리고 있는 정희.
정희 옆에 두 남자 대학생이 떡볶이를 먹고 있다.

떡볶이집 아주머니

(주걱으로 떡볶이 양념을 휘저으며) **학생이야?**

정희

(당당한 투로) **아니요.**

(사이) **때를 기다리고 있어요.**

정적.

떡볶이집 아주머니

학생, 내장도 줘?

정희

아뇨. 아! 간 많이 주세요.

(한참 후에) **아, 심장 있어요?**

아주머니와 남학생들이 정희를 쳐다본다.

S#66. 민영 오빠 집 거실 — 오후

민영, 바닥에 누워 쉬고 있다. 지역번호 053으로 전화가 걸려 온다.

바닥에 핸드폰을 놓은 채 스피커폰으로 전화를 받는다.

사서(V.O)

안녕하세요. 대구대학교 도서관인데요,

김민영 학생 맞으신가요?

민영

네.

사서(V.O)

어 네, 3월 4일 자에

『그레이의 50가지 그림자』 2권 빌려 가셨죠?

민영

네.

사서(V.O)

어 네, 지금 4개월 넘게 연체 중이신데,

다음 달 8월 14일까지 반납하시면

광복절 특별 사면해 드리고 있거든요.

민영

네.

사서(V.O)

어 네, 꼭 반납해 주세요.

민영

…

사서(V.O)

네~ 반납 부탁드릴게요.

S#67. 길거리 — 오후

정희, 검정 봉지를 손에 걸고 왔던 길을 다시 돌아가고 있다.

전봇대 앞에 버려져 있는 낡은 큰 상을 보고 멈칫한다.

팔을 벌려 크기를 가늠해 본다.

S#68. 민영 오빠 집 대문 앞 — 오후

민영이 대문 밖으로 에프킬라와 물티슈를 들고나온다.

귀찮은 듯 상을 대충 살피고, 이내 이 정도면 됐다는 듯 고개를 끄덕이며 에프킬라를 뿌린다. 정희는 물티슈로 상 구석구석을 닦는다.

S#69. 민영 오빠 집 거실 — 오후

정희가 주워 온 낡은 큰 상에 나란히 앉아 있는 둘. 떡볶이와 순대를 먹고 있다.
민영은 간을 먹으며 노트북 작업을 하고 있다.

[민영의 노트북 화면]

학교 커뮤니티 사이트 창에 '성적 이의제기충 노양심 꼴불견' 제목의 게시글. 민영이 '아 예'라고 댓글을 적고 있다.

정희, 상 모퉁이에 칠이 벗겨진 부분을 만지작거린다.

CUT TO

상 아래로 들어가 있는 정희, 벗겨진 부분을 검정 사인펜으로 메우고 있다.
한참 동안 말없이 각자의 일을 하는 두 사람.
민영, 정희의 눈치를 조금 보다 조심스럽게 말을 건다.

민영

너는 거기서 잘 있지?

정희

여기?

민영

아니. 청주.

정희

청주는…

민영

인구는 좀 늘었나?

정희

요즘 어린애들을 많이 못 본 것 같은데.

정적.

정희

너네 과 몇 명이야?

민영

우리? 한… 50명?

정희

많네. 그런 거 과 대표 같은 건 안 했어?

민영

내가 왜.

정희

그럼 막 현미경으로 미생물 같은 거 보고 그래?

민영

어.

정희

너, 머리 이도 뽑아서 검사하고 그래?

정적.

정희

근데 진짜 집 때문에 편입하는 거야? 진짜?

민영

아까 내가 말 안 했나?

정희

뭐?

민영

그냥 마음 떴어.

거기 사람들 진실된 사람이 한 명도 없어. 다 가식이야.

그냥 완전 한국인. 완전 한국인들밖에 없어.

어쩜 그렇게 한국인들 같을까.

걔네들 말 5초만 듣고 있어도 나랑 수준 안 맞아.

정희

아… 너가 낫아?

민영

(정색하며) 뭐래. 솔직히 술 먹고 진상 부려서

선배들한테 찍힌 것도 있긴 한데

아 몰라, 그냥 서울이 좋잖아. 문화생활도 다 여기 있고.

근데 너 청주에 계속 있을 거야?

여기 오는 길에 3층짜리 인형 뽑기 가게 봤지.

청주에는 그런 거 없잖아.

정희

있어. 나 혼자 있어도 네 시간 동안 아무도 안 오는 가게.

나 거기서 10만 원 썼어.

민영

돈 많냐? 그 돈으로 차라리 학원을 끊어.

너 늙어서 대학 가도 뭐 밥 혼자 먹는 거 빼고는 괜찮아.

애들이 그래도 궁금해하긴 할걸?

정희

그런가…

야. 근데 다음 달에 구청에서 그림대회 공모전 하는데…

너 이름으로도 하나 내도 돼?

두 개 내면 당선 확률 두 배~

민영

그래. 맘대루.

정희, 민영에게로 시선을 돌리며 노트북 화면을 본다.

PC 카톡 여러 개를 띄워 놓고 열심히 채팅을 하고 있는 민영. 정희의 시선이 느껴지자 헛기침을 하며 메일 창을 띄운다.

민영

그래도 알바는 잘하고 있나 보네.

야, 근데… 그냥 궁금한 게 있는데.

정희

뭔데?

민영

응, 아니야. (텀을 두며) 근데 그냥 알바잖아.

오래 할 생각하는 건 아니지?

이건 진짜 그냥 내 생각인데… 너는 알바하면서

뭘 계속 찾겠다고 하는데 그게 그냥 돈 버는… 거 아니야?

그냥 내 생각이긴 해.

그리고 넌 뭐 그림 그린다고 하는데

솔직히 지금 방식대로 해서 너가 이룰 수 있는 게 어떤 건지

현실적으로 생각해 보는 게 필요하지 않을까?

왜냐면 진짜 유명한 대학 나와서 그림 그려도

잘될까 말까잖아.

정희, 대답이 없다.

S#70. 테니스장 관리실 — 저녁

관리실 안. 유니폼 차림의 정일이 수능 문제집을 풀고 있다. 옆쪽엔 정희가 보던 시트콤이 무음으로 재생되고 있다.
책상 한구석엔 정희가 그린 그림이 인쇄된 테니스장 회원 모집 전단지가 쌓여 있다.
공부를 하다 말고 잠시 멍때리던 정일, 손을 뻗어 관리실 불을 끈다.
어둑한 관리실 안.
잠시 후, 크리스마스 전구가 밝게 켜지고, 그 앞에 정일이 전구 스위치를 누른 채 서 있다.

CUT TO

반짝반짝 빛나는 실내. 정일이 문제를 풀며 중간중간 시트콤을 보고 있다.
이때 생수 묶음을 들고 들어오는 사장님.

사장님
뭐 하냐?

정일, 쳐다보지 않고 문제만 풀다 고개를 들어 멍하니 창문 밖을 본다.
사장님, 정일을 따라 말없이 창문 밖을 내다본다.

S#71. 공터 — 저녁

노을이 지는 저녁.
정희가 혼자 골목에서 고무동력기를 날리고 있다.

S#72. 민영 오빠 집 — 저녁

방 벽에 등을 기대고 앉아 있는 정희. 반대쪽 바닥에 놓인 숲 그림을 보며 연필로 그림을 그리고 있다.
민영, 거실에 무료한 듯 앉아 있다 일어나 정희의 캐리어를 구경한다.
속을 헤집고 발견한 참외와 과도.
혼자 참외를 깎아 먹다 방으로 가 조금 열려 있는 방문을 활짝 연다.

민영

(참외 먹으며) 뭐 해? 나와서 참외 먹어.

정희, 대답 없이 집중해서 그림을 그린다.

민영

저거 그림에서 피톤치드 냄새 나지 않냐.

정희

어? 진짜.

민영

옆에 방향제 냄샐걸?

민영, 피식 웃으며 다시 거실 상으로 가 앉는다.

정희, 그림을 계속 그리며 말을 한다. 그림 속에는 외딴집이 하나 있다.

정희

요즘에 가끔 그런 생각하는데…

그냥 어느 날 갑자기… 이상한 곳 있잖아.

막 깊은 숲속 같은 데.

그런 데 엄청 깊이 들어가 사는 거야.

민영이 거실에서 참외를 깎는다.

S#73. 깊은 숲 — 낮

정희가 그리는 그림 속 숲이 확대되며 장면이 전환된다.
한 여자의 뒷모습이 보인다.
여자는 낡고 편한 옷을 입고, 챙이 큰 모자를 쓴 채 약초와 나물을 캐고 있다.
옆에 놓인 『약초 도감』을 펼친다.

정희(V.O)

거기에 가족이 있는 것도 아니고, 친구도 없고,
직장이 있는 것도 아니고.
근데 들어가기 전에 거기가 어딘지
몇 명한테만 말해 두는 거야.
그러면 진짜 오래 지나서 있잖아,
아, 이제 진짜 아무도 안 오겠구나, 할 때쯤?
거의 약초의 박사가 됐을 때쯤에?

그때 멀리서 들리는 발자국 소리.
여자는 그곳을 향해 고개를 돌린다. (멀리서 여자의 뒷모습만 잡힌다.)
그러나 아무도 없다.

정희(V.O)

누가 찾아올까?

다시 약초를 캐는 여자.

정희(V.O)

그럴 수 있을 거 같아?

한적한 숲.

S#72 (contin-). 민영 오빠 집 — 저녁

정희, 거실 쪽으로 몸을 돌려 민영을 바라본다.
민영도 정희를 쳐다본다.

S#74. 민영 오빠 집 거실 — 저녁

정희, 옅은 미소를 지은 채 무릎을 꿇고 바른 자세로 앉아 있다. 민영을 보고 있는 건 아니다.
민영, 노트북을 하다가 자꾸만 신경 쓰이는 듯 정희를 한 번씩 쳐다본다.

민영

너 좀 딴 거 할 거 없어?

CUT TO

뜯어져 있는 화장대 박스.
정희는 거실 바닥에 앉아 진지하게 화장대를 조립한다.

CUT TO

완성된 화장대 앞에 아까와 같은 자세로 앉아 있는 정희.
계속 노트북 작업을 하고 있던 민영,

민영
또 할 거 없어?

민영이 화장대 거울에 비친 자신의 얼굴을 보며 머리를 다듬는다.

S#75. 민영 오빠 집 거실 — 저녁

거실 바닥에 보난자 카드, 할리갈리 등 크게 판이 벌어져 있다.
민영, 바닥에 누워 가슴에 노트북을 올려놓은 채 멍때리고 있다.
정희가 민영에게 카드를 나눠 준다.
민영, 노트북을 덮고는 한 손으로 카드를 받아 자기 앞에 대충 놓는다.
그러다 휴대폰에 메일 알림이 울리고, 민영, 벌떡 일어나 앉아 노트북을 확인한다.
한참 동안 메일을 읽고는 골똘히 생각하다 남자 가족사진을 쳐다본다. 좌절한 듯 책상에 엎드리는 민영. 이내 다시 일어나더니 이어폰을 끼고 노트북으로 뭔가를 본다.

민영의 눈치를 보며 카드를 정리하던 정희, 조심스럽게 말을 꺼낸다.

정희

영삼이라고 알아?

민영, 어렴풋이 들리는 정희의 목소리에 이어폰을 귀에서 뺀다.

민영

뭐라고?

정희

영삼이라고 알아?

민영

…

정희

〈웬만해선 그들을 막을 수 없다〉,

그 옛날 시트콤을 맨날 보는데,

거기 영삼이랑 친구들이 여행 가는 에피소드가 있거든.

S#76. 민영 오빠 집 거실 — 낮

정희의 말에 맞는 시트콤 〈웬만해선 그들을 막을 수 없다〉의 장면들을 정희, 민영, 정일, 수산나가 재연한다.

정희 Narr.

무료한 어느 날이었어.

민영 오빠 집 거실. 무료하게 앉아 있는 정희, 민영, 정일.
그때 문이 벌컥 열리더니, 수산나가 뛰어 들어온다.

수산나

야. 우리 제주도 가자!!!!

민영

제주도?

정희 Narr.

근데 갑자기 제주도라는 꿈이 생긴 거야.

흥분해 떠드는 넷.

정희

그래그래, 가자.

정일

감귤초콜릿! 돌하르방!

민영

한라봉. 한라봉!

정희 Narr.

비행기표를 사기 위해 각자 돈을 벌어 오기로 해.

각자 돈을 버는 넷의 모습들이 몽타주로 보인다.

S#77-1. 놀이터 — 낮

놀이터 흙바닥을 손으로 파는 정일. 500원짜리 동전이 나오자 기뻐한다.

S#77-2. 공원 — 낮

권투 글러브와 헤드기어를 쓴 민영. '주먹이 운다' 팻말을 목에 걸고 호객 행위를 하고 있다.

[팻말 문구]

주먹이 운다!

10분 동안 저를 때리세요.

10분 2,000원!

몸무게 70kg 미만만

민영

(지나가는 행인을 붙잡으며)

저기 요즘 스트레스 많이 받지 않으세요?

민영을 무시하고 지나가는 행인.

민영

네? 저기요!

S#77-3. 호프집 — 오후

호프집 안. 치킨과 맥주를 먹고 있는 회사원 남녀.
카메라가 줌아웃되자 테이블 아래에 쪼그려 앉아 회사원들의 구두를 닦고 있는 정희와 수산나. 얼굴에 구두약이 묻어 있다.

S#78. 민영 오빠 집 거실 — 오후

모은 돈을 한곳에 쏟는 넷. 민영의 글러브에서는 만 원짜리 여러 장이 나온다.

정희 Narr.

열심히 일해서 돈을 모았다?

그래도 돈이 부족해서, 가장 싼 표를 찾아보니,

제주도 도착한 지 세 시간 만에 다시 돌아와야 하는 거야.

그래서 생각한 게…

누워 있던 정일, 갑자기 벌떡 일어나며,

정일

야, 이럴까? 우리 이 표 사면 3만 원이 남잖아.

그걸로 택시 잡아서 투어하면

세 시간 안에 제주도 한 바퀴는 다 돌 수 있지 않을까?

민영, 수산나

(동시에) **택시?**

정희

그래그래, 그럼 택시 타자!

많이 돌면 많이 볼 수 있을 거야.

민영

그래, 가자 가자. 이 아까운 기회를!

수산나

(자리에서 벌떡 일어나며)

Yeah! Let's get the hell out of Cheong-Ju!

수산나를 따라 일어난 셋. 일렬로 선 비장한 표정의 네 사람.

S#79. 버스 정류장 — 낮

정일이 뛰어와 정류장에 미리 도착해 있는 민영, 정희, 수산나와 방방 뛰며 인사를 한다.

정일

가자!!!!

S#80. 비행기 안 — 낮

비행기에 타며 좋아하고 신기해하는 넷의 모습이 빠르게 편집되어 보여진다.

정희 Narr.

한참 즐겁게 비행기를 타다가

뭔가 이상하다는 걸 알게 돼.

창밖을 의아하게 쳐다보는 넷.

정희 Narr.

도착 시간이 한참 지났는데

비행기가 계속 같은 자리만 맴도는 거야.

S#81. 제주 공항 — 낮

폭우가 쏟아지는 제주 공항의 전경.

정희 Narr.

기상 악화로 비행기가 연착돼서

제주도에 엄청 늦게 도착하게 돼.

공항 밖으로 달려 나가고 있는 넷.

정희 Narr.

그래서…

그때, 공항 안내 방송이 나오고, 네 사람 멈춰 선다.

방송(V.O)

안내 말씀 드립니다.

제주항공 청주행 비행기 지금 출발합니다.

아직까지 탑승하지 않은 승객들께서는

서둘러 탑승하시기 바랍니다.

다시 한번 안내 말씀 드립니다. 12시 15분 출발 예정인…

넷, 아쉬운 듯 발을 구르다 이내 방향을 바꿔 왔던 길로 다시 뛰어간다.

정희 Narr.

영삼이랑 친구들은 제주도에 내리자마자

5분 안에 청주행 비행기를 타러 가야 했어.

근데 그 5분 동안…

뛰어가던 네 사람, 제주도 풍경이 보이는 창문을 발견하고는 그 앞으로 달려간다.

창밖에 시선을 떼지 못한 채, 방방 뛰며 이동한다.

수산나

와. 야자수다!

정일

야 대박. 진짜 신기해. 오오. 야, 저기 바다 보여.

민영

물 봐. 진짜 에메랄드잖아.

정희

와-

정일

어, 저기 해녀 아니야?

민영

해녀? 어디?

정일

할머니. 여기. 여기!

민영

야, 할머니 부르지 마. 바빠.

성시경의 〈제주도의 푸른 밤〉 노래가 흘러나오고, 음악과 함께 감탄하며 좋아하는 넷의 모습이 계속 보인다.

수산나

진짜 너무 아름답다.

정희

한라봉!

민영

한라봉 진짜 맛있겠다.

이래서 제주도 제주도 하는구나.

정희

진짜 오기 너무 잘했어.

S#82. 비행기 안 — 오후

자리에 앉자마자 제주도 풍경에 대해 이야기하는 넷.

각자 행복했던 기억을 떠올리며 미소를 짓는다.

S#75(contin-). 민영 오빠 집 거실 — 저녁

음악이 갑자기 끊기고, 다시 민영 오빠 집 거실.

민영

근데 그게 뭐?

정희

멋있지 않아? 그냥 갑자기 생각났어.

완전 한국인 아닌 사람들.

민영

한국인은 아니긴 한데 바보네.

자기들은 순수하다고 착각하는데 그냥 바본 거지.

정희

바보여서 좋은 건데.

나는 이런 여행 가 보는 게 소원이야.

민영

(노트북을 하며) 왜 현실에 없는 말만 하냐.

사차원이란 말이 듣고 싶어?

대답 없이 바닥만 쳐다보고 있던 정희, 벌여 놓은 보드게임 세팅을 하나씩 정리한다.

한참 동안의 정적.

정희

너는 여기서 너 얘기 뭐 해 준 거 없잖아.

민영

왠지 알아? 너가 계속 너 얘기만 하니까.

균형을 맞추는 거지.

정적.

정희

내 현실도 있는 거잖아.

나한텐 그래도 소중한데 그렇게 말하니까…

노트북 작업을 하던 민영, 정희를 쳐다본다.

정희

학점… 너가 한 만큼 나온 건데…

하루 종일 노트북만 하고…

근데 내가 왜 이런 기분 느껴야 하는지 잘 모르겠어.

같이 약속 잡고 온 건데 내가 너한테 미안해야 돼?

내가 투명인간이야? 내가 투명해?

방문마다 통과하고 그럴까?

민영, 발끈하는 정희를 보며 묘하게 웃는다.

S#83. 민영 오빠 집 거실 — 저녁

편한 자세로 보난자를 하고 있는 정희와 민영.
정희가 민영에게 룰을 가르쳐 주고 둘은 뭐가 웃기는지 계속 웃으며
게임을 한다.

S#84. 민영 오빠 집 화장실 — 저녁

어둑해진 저녁.
습기가 차 있는 화장실 안. 정희가 씻고 있다.
이때 밖에서 민영이 똑똑 문을 두드린다.
정희가 물을 잠시 끄고 문 쪽을 본다.

민영

야, 언제 나와?

정희

급해?

민영

아니, 그냥.

정희

왜.

민영

그냥 물어보는 거야.

정희

(일부러 장난스럽게 퉁명하게) 왜.

민영

아니, 잘 씻으라고.

정희

(일부러 장난스럽게 퉁명하게) 왜.

민영

(웃으며) 죽을래?

정희

아직 멀었어.

민영

어. 천천히 씻어.

(텀을 두고) 뜨거운 물은 잘 나오지?

다시 씻는 정희.

S#85. 민영 오빠 집 거실 — 저녁

샤워를 끝낸 정희가 머리에 수건을 두르고 화장실에서 나온다.
캐리어에서 꺼낸 스킨 통을 한 손으로 얼굴에 밀착한 채 붓고 다른 손으로는 두드리며 거실과 방에서 민영을 찾는다. 하지만 민영이 보이지 않는다.
정희, 냉장고 문을 열다 문에 붙어 있는 메모지를 발견한다.

[메모지]
미안. 교수랑 말이 안 통해서 대구 감. 동기 집에서 자고, 일찍 해결 보고 최대한 빨리 올게ㅜㅜ

정희, 메모지를 뒤집어 본다.

[메모지 뒷면]
진짜 미안ㅜ 무서워서 말 못 하고 감

메모지를 보고 당황하는 정희, 냉장고 문을 닫으려는데, 맨 아래 야채칸에 어설프게 숨겨져 있는 푸딩을 발견한다.
움직임이 없는 정희의 뒷모습이 보이고, 젖은 머리에서는 물이 떨어진다.

S#86. 민영 오빠 집 방 — 밤

불 꺼진 방 안. 침대에 자는 듯이 누워 있는 정희.

핸드폰에 카톡이 온다. 정희, 눈을 떠 핸드폰을 확인한다.

[카톡 화면]

엄마: 딸내미♡~ 민영이 집은 잘 갔니? 궁금하구나^^

핸드폰을 보고 있는 정희.

S#87. 민영 오빠 집 화장실 — 밤

화장실에서 문을 닫지 않은 채 볼일을 보고 있는 정희. 어딘가에 전화를 하고 있다.

S#88. 민영 오빠 집 거실 — 밤

낡은 큰 상에서 라면과 햇반을 먹고 있는 정희. 다 먹고 냄비와 햇반 용기를 들고 일어난다.

S#89. 민영 오빠 집 방 — 밤

정희, 방으로 들어가며 책상 위의 스탠드를 켜고 방 안을 둘러본다. 책상 앞 벽에 덕지덕지 붙어 있는 애니메이션 포스터들을 잠시 구경하다, 옆쪽 벽에 세워진 스탠드 행어에 시선이 간다. 민영 오빠의 것으로 보이는 남자 옷들이 걸려 있다.
여러 옷들 사이로 보이는 회색의 대학교 과 잠바. 소매에 자수로 된 'Kim Min Seok' 글씨가 보인다.
정희, 잠시 동안 옷을 살펴보더니, 조심스럽게 잠바를 입어 본다.
띵동. 그때 밖에서 초인종이 울리고, 정희가 과 잠바를 입은 채 놀라 방에서 나온다.

S#90. 민영 오빠 집 현관문 앞 — 밤

현관문 앞으로 가는 정희. 문에 귀를 댄 채 가만히 있다.

옆집 여자(V.O)

저 옆집인데요.

정희가 문을 열자, 반팔에 니트 반토시를 하고 얇은 목도리를 두른, 망치를 든 또래의 옆집 여자가 보인다.
정희, 어설프게 인사를 한다.

옆집 여자

(놀라며) 어? 안녕하세요. 어… 민영 씨 있나요?

정희

아니요… 지금은…

옆집 여자

아, 그래요? 아… 그럼 안녕히 계세요.

말과 다르게, 가지 않고 계속 가만히 있는 옆집 여자.

정희

어… 뭐 전해 드릴까요?

옆집 여자

아 아뇨, 아뇨 그냥. (손에 든 망치를 건네려 하며) 이거 전에 빌려주셔서.

그때 옆집 앞으로 배달원이 도착하고, 초인종 소리가 들린다.

옆집 여자, 망치를 든 채 갑자기 사라진다.

옆집 여자

(배달원에게) 아, 잠시만요. 얼마죠?

배달원

18,000원이요.

옆집 여자

아… 잠시만요.

옆집 여자, 다시 정희 앞으로 온다.

옆집 여자

(말 빠르게) 아 아뇨, 아뇨 괜찮아요.

그게 그냥 저번에 감사한 일이 있어 가지고

같이 야식 먹자고 할라 했는데…

그냥 다음에 올게요. 지금 오셔 가지고.

(인사하며) 안녕히 계세요.

말하는 옆집 여자 뒤로 헬멧을 쓴 배달원이 민영의 집 안을 빼꼼 들여다보더니 사라진다.
닫히는 현관문. "맛있게 드세요" 외치는 배달원의 목소리.

S#91. 민영 오빠 집 방 — 밤

과잠을 입은 채 책상에 앉아 있는 정희, 책꽂이에 꽂혀 있는 전공 서적들을 살펴보고 있다.

조심스럽게 책 하나를 꺼내선 책장을 넘겨 본다.
잠시 후, 연필을 들고 책에 뭔가를 적는 척한다. 그러다 몸은 고정한 채, 고개만 휙 돌려 앞에 놓인 탁상 거울 속 자신의 모습을 들여다본다. 다시 공부를 하는 정희. 다시 거울을 본다.

CUT TO

벽에 붙어 있는 세계지도. 군데군데 그 나라에서 찍은 민영의 폴라로이드 여행 사진이 보인다.
정희가 미국, 유럽 등에 있는 압정을 빼서 소말리아, 인도양 섬 투발루, 북한으로 바꿔 버린다.
그중 하나의 압정을 인도양 한가운데에 팍 꽂는다.

S#92. 바다 한가운데 — 밤

[정희의 상상 신]
민영이 바다 한가운데서 살려 달라고 허우적대고 있다.
잠시 후 민영 쪽으로 날아오는 주황색 구조 튜브. 민영이 구조 튜브를 머리에 맞고 가라앉는다.

민영(V.O)

바다에 빠진 사람들, 구조 튜브 던져 주면
다 그거 맞고 죽는대.

S#93. 기숙사 방(회상) — 저녁

민영, 기숙사 책상에 앉아 다이어리를 쓴다.

민영

(다이어리를 쓰며) **진짜야. 우리 엄마가 그랬어.**

대답이 없자 민영은 정희가 있는 침대 쪽으로 뒤돌아본다.
정희, 헤드폰을 쓰고 심취해서 음악을 듣고 있다. 메탈 록 음악이 헤드폰 밖으로 새어 나온다.
민영, 다시 책상 쪽으로 몸을 돌려 다이어리를 마저 쓰고 덮는다.

S#94. 민영 오빠 집 방 — 밤

책상 구석에 있는 민영의 빨간 다이어리.
정희, 다이어리를 계속 쳐다보고는 고민 끝에 다이어리를 가져와 이마에 붙이고 주기도문을 외운다. 그러고는 기침을 하는 척하며 다이어리를 펼친다.
정희, 바닥에 불편한 자세로 엎드린 채 일기장을 읽는다.
민영의 보이스오버로 아래 문장들이 빠르게 읽힌다.

[민영의 일기장]

S#95-1. 편입 학원 복도 — 낮

왁자지껄한 편입 학원, 걸어가는 한 남자의 뒷모습만 보인다. 남자가 코너를 돌자 살짝 얼굴이 보인다.
주변 소리가 먹먹해지며, 시간이 느리게 흘러가듯 슬로 화면으로 전환된다.

민영 Narr.

7월 3일. 금요일.

학원에서 장국영 닮은 남자를 봤다.

S#95-2. 편입 학원 강의실 — 낮

대형 강의실에서 강의 듣고 있는 사람들의 뒷모습. 모두 검정 머리다.

민영 Narr.

6월 30일. 화.

머리를 빨간색으로 염색하고 맨 앞줄에 앉고 싶다.

S#95-3. 편입 학원 입구 — 낮

사람들이 쏟아져 나오는 편입 학원 입구.

민영 Narr.

6월 29일.

서울 와서 사람들을 제일 많이 본 날.

저 많은 사람들이 편입 준비를 하면 내가 들어갈 데는 없다.

S#95-4. 시내버스 안 — 오후

버스에 앉아 핸드폰으로 음악 방송 무대를 보고 있는 민영.

민영 Narr.

레드벨벳 웬디는 어느 보컬 학원에 다녔던 걸까.

SM에 전화라도 해 보고 싶은 심정이다.

S#95-5. 댄스 학원 — 저녁

댄스 학원 수업 시간, 무표정하게 춤을 따라 추고 있는 민영.
쉬는 시간, 춤을 추며 노는 학생들 사이, 혼자 구석에 앉아 있는 민영.
춤추는 다른 학생들을 멍하게 쳐다본다.

민영 Narr.

내가 포기해야 하는 세 가지 이유.

첫째. 너의 춤에서는 감정을 느낄 수 없어.

둘째. 처음부터 너에게 없는 걸 하려고 애썼지.

셋째. 너는 생활비가 부족해.

S#95-6. 댄스 학원 데스크 — 저녁

민영, 댄스 학원 데스크 앞에 서 있다.
일을 보고 자리로 돌아오는 안내 직원.

민영

저 환불하려고 하는데요.

혹시 남은 금액은 다 받을 수 있나요?

S#95-7. 청주 여행지들 — 낮

청주랜드, 청석동굴 등 여러 청주 여행지에서 찍은 친구 다섯 명의 필름 사진들이 보인다.

민영Narr.

5월 5일.

어린이날에 친한 동기들을 데리고 청주에 놀러 갔다.

청주랜드, 청석동굴에 들렀다가

〈미스터 션샤인〉 팬 은지를 위해 촬영지인 운보의 집에 들렀다.

화장실에서 은지가 내가 불편하다고 말한 걸 들은 적이 있다.

승희가 나와 같은 빌라에 이사 온 걸 은지를 통해 알았다.

은지와 승희는 실과 바늘 같다.

은지를 부르면 승희도 같이 나온다.

청석동굴에도 갔다.

블로그에선 박쥐가 나온다 했는데, 나는 보지 못했다.

매점에서 비싸게 우비를 샀는데 아무것도 떨어지지 않았다.

청주랜드에는 롤러코스터가 없다. 있나? 기억이 안 난다.

많이 다녔는데 엄청 빨리 끝나 저녁때까지 시간이 떴다.

우리 집에서 자고 오기로 했는데,

모두의 만장일치로 그냥 돌아가기로 했다.

뭐 별일은 없었다.

S#95-8. 롯데리아 — 낮

롯데리아에서 원카드를 하고 있는 민영의 동기 넷.

화장실에서 나와 자리로 가는 민영, 옆 테이블의 의자를 끌어다 옆에 앉는다. 민영을 상관하지 않고 계속 게임하는 넷.

민영, 뻘쭘하게 있다가 여행지 팸플릿을 본다.

S#94(contin-). 민영 오빠 집 방 — 밤

정희, 다이어리를 앞쪽으로 넘긴다.

S#96. PC방 — 오후

(S#11과 같은 장면)

PC방에서 집중해서 게임을 하는 민영.

테이블엔 수험표 뒷면에 옮겨 적은 답과 마운틴듀 캔이 놓여 있다.

핸드폰에 정희의 이름이 뜬다.

받지 않는 민영.

민영 Narr.

2019년 11월 14일 수능. D-DAY.

나는 아무 생각이 없다.

나는 아무 생각이 없다.

나는 아무 생각이 없다.

S#94(contin-). 민영 오빠 집 방 — 밤

정희, 더 앞쪽으로 넘긴다.

다이어리에 그려진 그림을 보고 멈추는 정희.

백 텀블링 구분 동작 그림이 있다.
군데군데 문장들이 눈에 들어오고, 아래 밑줄 친 문장이 주로 화면에 보인다.

[다이어리 글]
2019년 8월 30일. 백덤블링하는 법.
정면을 보고 양발은 최대한 곱게 붙인다.
무릎을 굽혀 자세를 낮춘다.
그 상태에서 빠르게 대한 독립 만세 자세를 하며 뒤로 넘어간다.
머리와 가슴을 중심으로 시선이 손과 함께 넘어간다.
두 발이 땅에서 떨어지는 순간 손은 바로 땅을 짚어야 한다.
여기서 중요한 건 점프의 힘을 회전에 써야 하고 반동을 만들어야 한다.
몸의 중심이 팔에 실렸을 때 허리의 힘을 이용해 튕긴다.
두 다리가 넘어오면 땅에 발을 딛는다.
가장 핵심은 과감함이다.

그 앞 장, 클립으로 사진이 껴 있다.
정희, 클립을 빼 사진을 확인한다.
사진 속, 초등학생 민영이 '고무동력기 항공과학 특상'을 들고 있다.

[다이어리 글]
2019년 8월 14일. 고무동력기에 대한 짧은 고찰.
나는 고무동력기 초등부 챔피언이었다. 최고 기록은 3분 13초다. 사실 5분은 무리다.

또 앞으로 넘겨지는 일기장.

2019년 6월 29일 자의 일기.

S#97. 기숙사 방(회상) — 아침

창밖으로 빗소리가 들리고, 기숙사 침대에서 눈 뜨는 민영.

민영의 얼굴 위로, 수영장 풍경이 디졸브된다.

민영 Narr.

장마가 시작됐다.

눈을 뜨자마자 수영장에 가고 싶다는 생각을 했다.

S#98. 주택가 골목(회상) — 아침

수영모와 수경을 쓰고 세발자전거를 타고 있는 어린 정희. 정희 아빠가 위에서 물뿌리개로 물을 뿌리고 있다.

민영 Narr.

정희에게 말했더니 밖에 나가 자전거를 타자고 했다.

비 오는 날 자전거를 타면 정말 수영장에 간 느낌이라고,

어렸을 때 많이 해 봤다고 나를 데리고 나갔다.

S#99. 개천가(회상) — 아침

수영모와 수경을 쓴 채로 자전거를 타고 있는 정희와 민영. 대화하고 있다.

민영 Narr.

정말 수영장에 온 것 같아 상쾌한 기분이 들었다.

정희가 기숙사 방에 미니스케이트장을 만들자고 했다.

정희는 천재라는 생각이 들었다.

가끔씩 이 친구의 상상력이 못 견디게 부럽다.

내가 효용이 없다는 생각을 들게 한다.

번쩍, 하고 번개가 친다.

CUT TO

개천에 빠져 있는 자전거.

S#100. 기숙사 방(회상) — 낮

깁스를 한 한쪽 다리를 책상 위에 올린 채 앉아 있는 민영.

민영 Narr.

자전거가 개천에 빠졌다. 외상에 의한 골절이라고 했다.

아프긴 한데, 깁스가 맘에 든다.

민영, 핸드폰으로 구글의 '깁스 낙서' 이미지들을 보고 있다.

S#101. 기숙사 방(회상) — 밤

기숙사 책상에 앉아 공부를 하는 민영 뒤로, 왔다 갔다 하는 정희의 모습.

민영 Narr.

정희가 자꾸 내 눈치를 보며 어슬렁거린다.

왜 미안하다고 말을 안 할까.

갑자기 운동이 하고 싶다.

민영이 핸드폰을 집어 들고 쿠팡에서 '나이키 런닝화' 검색한다.

S#94 (contin-). 민영 오빠 집 — 밤

정희가 다이어리를 넘기고, 다음 날의 일기 내용이 보인다.

S#102. 기숙사 방(회상) — 낮

조용한 기숙사 방 안. 각자의 책상에서 공부를 하고 있는 정희와 민영.
민영이 일기를 쓰고 있다.

민영 Narr.

방 분위기가 여전히 어색하다.

방 분위기가 여전히 어색하다.

방 분위기가 여전히 어색하다.

일기장을 덮고 깁스한 발을 절뚝거리며 침대에 가서 눕는 민영.
구글에 '어색한 사이 극복 방법' 이미지를 검색한다.

S#103. 민영 오빠 집 방 — 밤

정희, 일기장을 제자리에 놓고, 전공 서적을 다시 책장에 꽂으려 하지만 책이 잘 들어가지 않는다.
책장 뒤로 삐져나와 있는 책 한 권을 꺼낸다.
'아이돌 가수 되기 - 간절한 꿈은 이루어진다'라는 제목의 책.
책을 펼치니 노트 한 권과 CD 하나가 껴 있다.
FNC, YG, JYP, 로엔 등의 오디션 스케줄이 적힌 노트.
CD에는 네임펜으로 쓴 글씨가 보인다.
'세상에서 가장 아름다운 것 - The Beautiful Thing In This World'.

S#104. 민영 오빠 집 거실 — 밤

TV 화면 가득 나오는 민영의 오디션 영상.

[영상]

민영이 배꼽 인사를 한다.

민영

안녕하세요! 저는 비록 나이는 어리지 않지만…

그래도 꿈과 열정만은 초등학생 김민영입니다.

멘트를 하고는 자괴감을 느낀 듯, 실소를 하더니 이내 고개를 숙이며 괴로워한다.

다시 웃음기를 빼고 인사를 한다.

민영

안녕하세요! 저는 스무 살 김민영입니다.

저는… 뻔하다고 생각하실 수 있겠지만

세상에서 가장 아름다운 건 노력과 열정이라고 생각합니다.

지금부터 제 아름다움을 보여 드리겠습니다.

영상 속, 진지하게 춤추고 노래하는 민영.

영상을 진지하게 보고 있는 정희, 신기해하는 듯한 표정이다.

S#105. 민영 오빠 집 방 — 밤

불 꺼진 방 안. 정희가 침대에 누워 있다.
아무런 표정 없이 멍하니 머리맡 무드 등을 켰다 껐다 반복한다.
무드 등에서 나온 돌고래 두 마리가 천장에 가득 찬다.

S#106. 민영 오빠 집 방 — 아침

퍼질러 자고 있는 정희.

S#107. 민영 오빠 집 거실 — 오전

정희가 거실로 나온다. 시계를 쳐다보자 오전 10시를 지나고 있다.
거실 바닥에는 정희가 바리바리 싸 온 짐들과 펼쳐져 있는 보드게임 등이 보인다.

S#108. 민영 오빠 집 거실 — 낮

정희가 지루한 듯한 표정을 지으며 바닥에 볼을 대고 엎드려 있다.
정희의 시선 안으로 〈김민영이 쏘아 올린 작은 공〉 리스트 종이가 들어온다.

정희, 종이를 빤히 쳐다본다.

S#109. 민영 오빠 집 방 — 밤

정희가 짐을 챙겨 민영의 집을 나간다.
아무도 없는 집 거실 상 위에는 접시에 소복이 쌓인 경단과 종이 한 장이 놓여 있다.
종이가 점점 확대되어 보인다.

[종이]

<김민영의 성적표>

경제력 A+

집이 넓고 교통의 중심지

…

'대구대로 내려가 교수를 만나고 집에 돌아오는 민영의 모습', '아침에 일어나 혼자 리스트 내용을 해 나가는 정희의 모습'이 교차 편집되며 몽타주 신을 이룬다.

S#110. 김민영의 성적표 신

정희의 목소리로 〈김민영의 성적표〉 내레이션 시작된다.

[김민영의 성적표]

경제력 A+

집이 넓고 교통의 중심지.

1-전자레인지에서 돌아가고 있는 햇반.

정희가 밥알을 으깨 뭉치고, 밥알을 굴려 겉에 카스텔라 가루를 묻힌다.

패션과 감각 A

꾸미는 데 관심이 많고, 옷을 잘 입음.

겨울 멋쟁이는 얼어 죽고 여름 멋쟁이는 더워 죽는다.

2-교수실에서 교수님과 어색하게 웃으며 얘기하고 있는 민영. 털모자, 목도리, 앙고라 반팔 니트를 입고 있다.

사회성 B+

처음 보는 사람과 말을 매우 잘하는 듯 보여

사회성이 높다고 생각할 수 있으나,

시간이 지날수록 점점 말이 없어짐.

3-복도에서 (청주 여행) 동기들을 발견하고는 피해서 숨는 민영.

4-도서관 반납함에 반납된 『그레이의 50가지 그림자』 2권.

인간관계 D

자신의 의사소통 방식이

타인에게 어떠한 영향을 주는지 모름.

자신만의 네트워크 유지를 위해 노력함.

5-서울로 오는 기차 안에서 창가에 기대어 멍때리는 민영.

베풂 C-

어제 너의 행동이 믿기지 않아 D를 주고 싶지만,

평소 나라면 절대 못 할 것 같은 일들을

남들에게 가끔 해 주기 때문에

베풂의 길로 나아갈 여지가 있다고 생각함.

6-집에서 백 텀블링 연습하는 정희. 무서워서 몇 번 넘어지고를 반복한다.

7-같이 치킨 먹는, 요상한 패션을 한 민영과 비슷한 패션의 옆집 여자. (상상)

마음과 행동 A

내가 이상한 이야기를 해도,

"아 그렇구나" 하고 이야기를 들어 줌. 물론 아닐 때도 있음.

밖이 아니라 안에서 나를 봐 주고 있다는 느낌.

괜찮은 사람이구나 싶을 때가 있어.

8-접시에 경단을 플레이팅하는 정희.

9-가방을 멘 채 카페에 엎드려 있는 민영.

한국인의 삶 F

너가 한국인에 대해서 얘기했던 게 생각나.

남의 눈치를 보고, 안정된 삶을 쫓는 사람들?

바쁜 일상. 좁은 땅. 인맥. 가식과 형식.

알 수 없는 불안. 기다림. 두려움. 막연한 기대.

너가 나에 대해서 얘기했던 게 맞을 수도 있어.

오지 않을 미래에 대한 기다림?

음… 그래도. 앞으로 뭘 하든 그때 우리 같았으면 좋겠어.

아무도 한심하다고, 덜 절실하다고는 말할 수 없다고 생각해.

그래서 말인데… 너는 한국인이 아니라 혼혈이었으면 해.

그런 의미에서 F를 줄게.

10- 집 근처 마트에서 장을 보는 민영.

11- 민영의 남자 가족사진을 보는 정희.

12- 〈세상에서 가장 아름다운 것〉 CD 인서트.

13- 정일이 테니스장에 들어서고, 관리실에 앉아 수능 문제집을 푼다.

14- 기숙사 안, 수산나가 이어폰으로 노래를 들으며 발에 페디큐어를 칠하고 있다.

15- TV를 110번 대까지 돌려 보고 끄는 정희, 지루하다는 듯한 표정을 지으며 바닥에 볼을 대고 엎드려 있다.

S#111. 민영 오빠 집 — 낮

민영, 정희가 쓴 〈김민영의 성적표〉 종이를 들고 있다.
종이의 맨 아래에는 '잘 있다 가. 안녕'이라고 적혀 있다.
거실 상 위에는 카스텔라 가루가 묻은 경단이 소복이 쌓여 있다. 그 옆에 다 먹은 푸딩 병이 놓여 있다.
민영, 장 봐 온 비닐봉지를 내려놓고는 경단을 하나 집어 먹는다. 알 수 없는 표정을 지으며 천천히 씹는다. 민영의 뒤쪽 벽에는 뒤집힌 남자 가족사진이 보인다.
민영, 다시 일어나 장 본 봉지를 통째로 냉장고에 넣는다. 경단 접시와 빈 푸딩 병을 싱크대 위로 치운다. 상 위의 정희가 쓴 성적표 종이를 반 접어 옆의 책들 사이에 대충 넣는다. 쌓여 있는 책들 중에 『아이돌 가수 되기 - 간절한 꿈은 이루어진다』 책이 보인다.
민영, 방으로 들어가 머리를 묶고 편한 차림으로 나와 화장실에서 렌즈를 뺀다. 다시 방으로 들어가 침대에 누워서 유튜브 영상을 보는 민영.

FADE OUT

S#112. 카페 — 저녁

FADE IN

가을.

카페에 민영을 포함한 다섯 명의 영어 스터디 멤버들이 앉아 있다.
민영, 단발머리를 하고 가을 옷차림이다.
테이블에는 음료들과 함께 학원 프린트물, 책 등이 펼쳐져 있다.
서로 대화를 나누다 웃음이 터진다. 즐거워 보이는 민영.

S#113. 김밥천국 — 낮

계산대 앞에 앉아 기다리는 정희. 긴팔 카디건에 추리닝 바지를 입고 있다.
포장된 김밥 봉지를 받아 나온다.

S#114. 정희 집 거실 — 낮

집에 들어오는 정희.
현관에는 여자 신발 여러 개가 놓여 있고, 소란스러운 수다 소리가 들린다. 정희 엄마와 친구들이 과일을 먹으며 수다를 떨고 있다.
정희, 눈치를 보며 거실로 들어간다.

정희 엄마

정희 왔구나. 우리 딸내미.

정희

아. 안녕하세요.

정희, 인사한다.

손에 든 김밥 봉지를 뒤로 숨기며 방에 들어간다.

S#115. 정희 방 — 낮

정희가 침대에 앉아 핸드폰을 하며 김밥을 먹고 있다.

아줌마들의 시끄러운 대화 소리가 방문 너머까지 들려온다. 한 아주머니가 남편 흉을 보자 일동 웃음이 터진다. 정희도 피식한다.

아줌마1 (V.O)

지금 방학인가?

정희 엄마(V.O)

응.

아줌마2 (V.O)

딸내미 무슨 과라 그랬지?

정희 엄마(V.O)

응. 영문학과.

아줌마3 (V.O)

아유. 영어 잘하나 보네.

정희 엄마(V.O)

그래도 영어는 웬만큼 하더라고.

정희, 표정 변화 없이 김밥을 먹으며 계속 핸드폰을 한다.

CUT TO

정희, 침대에 엎드려 있다.
아줌마들이 나가는 소리가 들리고 정희 엄마 방문을 열고 들어온다.

정희 엄마

정희야, 자니?

반응이 없는 정희.

정희 엄마

정희야. 엄마가 잘못했어.
엄마는 항상 널 진심으로 응원하고 있어.

정희, 소리 내 운다.

S#116. 구청 전시회장 — 낮

그림이 전시 중인 작은 공간.

'청주 흥덕구청 주최 자연사랑 그림대회 수상작 전시회' 플래카드가 붙어 있다.

벽에 작가 '유정희'와 '김민영'의 그림이 나란히 걸려 있다.

작가 '김민영'의 작품. 정희가 그렸던 숲속의 외딴 여자의 그림이다.

화면 가득 그림이 보이고, 그림 속 풍경이 실제 장면으로 디졸브된다.

S#117. 깊은 숲 — 낮

(S#73과 같은 장면)

깊은 숲속에서 약초를 캐고 있는 여자.

어디선가 발자국 소리가 들린다.

여자, 그쪽으로 고개를 돌린다.

여자의 얼굴이 보인다.

민영이다.

소리가 들리는 쪽에는 아무도 없다.

민영, 한참 동안 그곳을 바라보다 다시 약초를 캔다.

Kim Min-young of the Report Card

한 시절의
마음을 매기다

이소영

정희 이 선언문을 통하여 우리의 삼행시클럽 해체를 선언합니다. 지금 우리는 수능 100일을 앞두고 학생과 자식으로서의 본분을 다하기 위해 우리의 창작욕을 잠시 재워 두려 합니다. 이에 1년 3개월간 지속되고 총 43개의 습작과, 1개의 충북도청백일장대회 우수상을 배출한 청주여자고등학교 비공식 클럽인 삼행시클럽을 오늘 김민영 학생의 최우수 삼행시 낭독을 끝으로 종료합니다.

소도시의 여고 기숙사 친구들이 둘러앉아 '해단식'을 하는 장면에서 이 영화는 시작된다. 위와 같은 선언문을 엄숙하게 낭독한 후 "이건 백 프로 흑역사 생성이다"라고 키득거리면서도 이들은 포즈를 가다듬고 기념 촬영까지 마친다. 수능을 백 일 앞두고 친구들과 독서실 난간에 모여 백일주를 마시는 의례를 수행했던 개인적 흑역사가 떠오르며 풉, 웃음이 나는 장면이었다. 그 시절의 저 감정이 어떤 것일지 손에 닿을 듯 전해졌다.

그러면서도 상황에 오롯이 이입하기 어렵게 만들던 소재가 있었는데, 바로 '삼행시'였다. 삼행시는 각종 예능 프로그램에 성대모사나 개인기와 더불어 자주 등장해 온 레퍼토리다. 오후 시간대 라디오

프로그램에서 청취자와의 전화 연결 도중 대화거리가 바닥나거나 분위기가 어색해질라치면 진행자가 난데없이 운을 띄우며 답을 종용하는, 그런. 참신한 발상으로 박수받는 경우도 이따금 있지만 대체로 삼행시는 황당한 혹은 '썰렁한' 즉흥 작법으로 좌중의 야유를 이끌어 내어 긴장된 공기를 잠시 이완시키는 도구로 남발되어 왔다. 그런데 문예반도 하이쿠 모임도 아닌 삼행시클럽이라니. 더욱이 삼행시 짓기는 이제 '스티커 사진'이나 '펌프'처럼 다소 철 지난 유희 아닌가. 왜 이를 주요 소재로 삼았을지 초반엔 납득이 어려웠다.

그 궁금증이 나만의 것은 아니었던 모양인지, 언론 인터뷰에 관련 질문이 수록되어 있었다. "세 친구만 공유할 수 있는 특별한 놀이이자 추억을 만들어 주고 싶었다"라는 이재은 감독의 답에 이 클럽이 단 세 사람으로 구성되어 있음이 새삼 눈에 들어왔다. 한 명은 해외 유수 대학으로 유학을 가고 또 한 명은 타 지역 대학에 입학하며 나머지 한 명은 대학 진학을 하지 않는 조합의 세 학생이 단짝으로 지내는 경우는, 적어도 국내 고교에선 흔치 않을 테다. 그만큼 이들이 공유하는 감수성의 결이, 이들끼리만 통하던 독특한 정서가 있었을 것이다. 장기 자랑 시간에 백 텀블링을 하면 주목받을 거라던 민영의 말처럼, 엉뚱하면서 내성적인 이 셋은 대학 새내기가 신입생 환영회 앞두고 개인기 연습하듯, 혹은 신입 사원이 회식 앞두고 건배사 연습하듯 자신들의 부족한 순발력을 향상시키고자 삼행시클럽을 고안해 내었으리라. '햇반으로 경단 만들기', '비 오는 날 수경 쓴 채 자전거 타기', '기숙사 방 안에 아이스링크 만들기' 등과 함께 삼행시 수행은 그들의 코드에 맞는 미션이었을 테다.

중요한 건, 의도했든 의도하지 않았든 이 셋에게 삼행시 짓기는 이미 재치를 연습하는 본래 용도를 넘어서 자기 존재에 대한 고민과 첫 사랑의 떨림, 일상적 소회 등을 압축적으로 담아내는 고유한 그릇이 되어 있었다는 점이다. 때론 시적 언어를 빌려, 때론 일기처럼, 때론 잠언으로. 흔하디흔한, 효용 없는 듯 보일 예능적 유희는 어느 순간 자연스럽게 문학적 창작 활동이 된 것이다. 그제야 극 초반에 낭독되었던 삼행시의 행간이 읽혔다.

김 김씨 성을 가진 사람들이 너무 많다. 그래서 김씨들이 모여 가장 효용 없는 한 사람을 추방하자 회의를 했다.

민 민영아. 누군가가 내 이름을 불렀다. 나는 변호하고 싶었다.

영 영원히 제가 이대로 살아가진 않을 거예요.

수능을 마치고 스무 살이 된 셋은 삼행시클럽을 재개한다. 그런데 상황이 예전 같지 않다. 해외 대학에 진학한 수산나는 고향 친구들과 비대면 화상으로나마 모임을 이어 가고 싶어 하지만, 민영은 바쁜 일이 있다며 늦게 합류하여 성의 없는 삼행시를 낭독하더니 급기야 나타나지 않기까지 한다. 수산나는 자신의 특수한 상황을 두 친구가 배려하지 않는 것에 서운함을 느낀다. 혹은 타지에서 외국어로 친구를 사귀고 학업을 일구어 가는 자신의 긴장과 고민을 이들과 더는 나누기 어려우리라 판단했을지 모르겠다.

아이돌을 지망하며 댄스 학원에 등록했던 민영은 본인이 재능도, 열정도, 재정적 여건도 갖지 못했음을 자각하고 꿈을 포기한다. 아니, 어쩌면 세 번째 이유가 앞의 두 이유를 소급적으로 만들어 냈을 수도 있다. 그런 그가 택한 차선은 서울 소재 대학으로의 편입 준비였다. 편입하려면 학점 관리가 중요하다지만 첫 학기 성적은 그의 기대에 한참 못 미친다. 그렇기에 자취방으로 초대한 친구를 앞에 두고도 민영은 온종일 성적 정정 메일 문구를 고민하느라 여념 없다. 초조해진 그에겐 친구가 상기해 준 고교 시절 버킷리스트도, 자신과 모처럼 즐거운 시간을 보내기 위해 친구가 챙겨 온 갖가지 소품들도 짐스럽기만 하다. 물론 그런다고 교수에게서 기대한 답변이 올 리 없다. '실습을 열심히 했고'와 같은 읍소로 성적 처리 기준에 따라 이미 부여된 점수가 고쳐질 리 만무하기 때문이다. 그러니 관객은 영화 화면을 문처럼 밀고 들어가, 정희 옆에 서서 같이 "학점 너가 한 만큼 나온 건데"라고 지적하고픈 충동이 일 법하다.

한편 정희는 고향에 남아 아르바이트를 하며 일상을 일구고자 한다. 그는 날마다 잊지 말아야 할 소소한 과제들을 공책에 적고 이를 행한다. 그렇지만 이 땅의 스무 살에게 허락된, 대학 진학도 기술 습득도 아닌 제삼의 선택지는 대단히 좁다. '테니스의 왕자' 대신 중년 아저씨들만 방문하는 테니스장에서 그는 여름엔 팥빙수를 겨울엔 크리스마스 장식을 준비하고 전단지까지 손수 제작하며 일하지만, 사장에게 이는 알바생의 부담스러운 적극성으로 받아들여질 따름이다. "은근히 내가 없으면 안 돌아가거든"이라고 믿고 싶으나 그곳은 사장 아들로 인력을 대체한 채 아무렇지 않은 듯 돌아간다. 딸의 선택을 존중하는 듯한 어머니 앞에서도 자기 처지가 왠지 눈치 보이고, 무심코 "학생이야?" 묻는 떡볶이집 아주머니 앞에서도 머뭇머뭇하다 "때를 기다리고 있어요"라고 답한다. 한때 '네가 좋아하고 못하진 않으니' 그림을 그려 보라 권했던 친구의 "솔직히 지금 방식대로 해서 너가 이룰 수 있는 게 어떤 건지 현실적으로 생각해 보는 게 필요하지 않을까? 왜냐면 진짜 유명한 대학 나와서 그림 그려도 잘될까 말까잖아"
라는 지적은 야속하지만 부인하기 어려운 현실 인식이기도 하다.

정희 거기에 가족이 있는 것도 아니고 친구도 없고, 직장이 있는 것도 아니고. 근데 들어가기 전에 거기가 어딘지 몇 명한테만 말해 두는 거야. 그러면 진짜 오래 지나서, 있잖아. 아, 이제 진짜 아무도 안 오겠구나 할 때쯤? 거의 약초의 박사가 됐을 때쯤에. 누가 찾아올까? 그럴 수 있을 거 같아?

삶은 그들이 약초의 박사가 될 때까지 숲속에 있도록 인내해 주지 않을 것이다. 스무 살의 세 사람은 저마다의 숲을 내면에 품은 채 세상 안으로 계속 걸어 들어가야 할 것이다. 불안정하고 불완전한 상태로, 자기모순의 혼란을 앓으며, 그럼에도 이들은 매일의 발걸음을 뗄 것이다. 영화의 제목이 '김민영의 성적표'가 아닌 '성적표의 김민영'인 것도 어쩌면 그래서가 아닐까. 극 중 김민영은 '지난해까지 단짝이었으나 현재는 서운함을 참을 길 없는' 친구 정희가 스무 살 여름에 평가한, 스무 살 여름의 친구 민영이다. 성적 평가가 매 학기 달라지듯 그해 겨울과 이듬해 여름, 그리고 스물다섯과 서른셋의 '성적표의 김민영'은 지금과 다를 테지. 미래 어느 순간에 민영은 '사회성 B+: 처음 보는 사람과 말을 매우 잘하는 듯 보여 사회성이 높다고 생각할 수 있으나 시간이 지날수록 점점 말이 없어짐', '베풂 C-: 평소 나라면 절대 못 할 것 같은 일들을 남들에게 가끔 해 주기 때문에 베풂의 길로 나아갈 여지가 있다고 생각함', '마음과 행동 A: 밖이 아니라 안에서 나를 봐 주고 있다는 느낌'과 같이 신랄하면서도 애정 어린 시선으로 세심하게 매긴 성적표를 친구에게서 또 받아 볼 수 있을까.

이제 와서 고백하면, 영화 관람 전 시놉시스만 읽은 상태로 떠올려 본 이 원고의 첫 문장은 "우정이 미묘하게 어긋나는 순간의 기억을 누구나 갖고 있을 것이다"였다. 혹시 나한테 화났냐는 조심스러운 물음에 넌 사람을 좀 질리게 하는 데가 있다던 친구의 답변, 다시 가까워지고 싶어 주변을 서성일수록 차갑게 얼어붙던 친구의 표정, 각별했던 우정이 더는 예전 같을 수 없음을, 우리가 예의 바르고 매끄럽게 서로에게서 멀어질 것임을 직감했던 순간의 공기. 이를테면 그런 것들 말이다. 그런데 막상 영화를 보면서는 뜻밖의 기억이 불쑥 솟아났다.

대학 입학 후 맞은 첫 여름방학에 고교 동창이 갑자기 학교로 찾아온 적 있다. 목소리도 몸짓도 조그맣던 친구였다. 수능 점수가 예상보다 낮게 나와 갈등하다 부모의 뜻으로 재수 대신 원치 않던 곳으로 진학했다고 들어 알고 있었다. 점심 먹고 함께 교정을 걸으며 난 어색한 침묵을 메우려 선배들에게 전해 들은 교내 동아리들에 관한 농담 따위를 재잘거렸던 것 같다. 그는 내내 말이 없었지만 원체 조용한 아이라 그런가 보다 했다. 헤어지기 전 교내 문구점에 들른 친구는 기념품 코너에서 뭔가 집어 들었다. 조악한 재질에 가격 높은 물건이라 "그런 기념품 누가 사, 여기서 아무도 그거 안 사!" 장난스레 만류했다. 순간 그의 표정이 굳더니, 뭔가 말하려다 입을 조가비처럼 다물었다. 아차, 싶었으나 그 자리에서 사과했는지 아니면 그게 더 어색할 듯해 얼버무렸는지는 도통 기억나질 않는다. 저 장면은 이십 년 넘게 내게서 지워져 있었으니까. 스무 살 여름, 친구가 매겼을 '성적표의 이소영'은 어떠했을까.

이렇듯 나의 우정이 친구에 의해 할퀴어졌다 느낀 순간의 고통은 깊이 각인되는 반면 상대방의 우정에 내가 무심코 입힌 상처는 가벼이 망각되기도 한다. 빈 자취방에 남겨진 정희 또한 민영의 일기장을 꺼내 읽고서야 친구 역시 자신에게 서운해한 적 있었음을 알게 된다. 또한 자신에게 터놓지 않았던 친구의 고민과 외로움을 들여다보게 된다. 자기 내면의 숲을 옮겨 그려 낸 작품을 민영의 이름으로 출품한 것은 어쩌면 훔쳐본 일기장에 대한 정희의 답례 아니었을까. 서로의 기억이 각기 다른 빛깔과 온도와 밀도를 가지게 될지라도, 그 시기를 통과하던 너 역시 나만큼 서툴고 예민했을 테니까.

이소영

제주대 사회교육과 교수. 고려대에서 법을 공부했고 하버드대학 옌칭연구소, 파리 사회과학고등연구원, 독일 튀빙겐대학 등을 거쳐 현재 제주대 사범대학에서 예비 선생님들에게 법학 과목들을 강의하고 있다. 쉽게 바뀌지 않을 현실에 냉소하거나 무력해지기보다는 미약한 힘으로나마 서로를 돌볼 수 있기를, 상처를 주고받는 대신 공감과 연민을 나눌 수 있기를 소망한다. 2017년부터 경향신문에 연재한 칼럼을 모아 『별것 아닌 선의』를 펴냈다.

Kim Min-young of the Report Card

멀어지는 것들 사이의 네 얼굴

|

이다혜

잃어버렸는지 몰랐는데 잃어버린 것이 있었다. 잃어버린 줄 알고 호주머니를 더듬고 뒤를 돌아보고 익숙한 얼굴들에 안부를 묻다가, 거기 없음에 생각이 미쳤을 때는 이미 홀로 남은 뒤였다. 매일 같이 어울리며 모든 비밀을 나누던 친구들이라 해도 물리적인 거리가 생기면 서로 끌어당기는 인력이 아니라 서로 밀어내는 척력이 작용해 정서적인 거리마저 멀어지는 듯 느끼게 된다는 사실은, 겪기 전에는 믿기 어렵다. 초 · 중 · 고등학교 때 만난 친구가 '진짜' 친구라는 말이 있지만 같은 학교, 같은 반이 아니었다면 말을 섞을 일이 없을 정도로 서로 다른 사람들이 짝이 되고 절친이 되게 하는 곳이 학교다. 열아홉 살과 스무 살의 경계는 그런 깨달음으로 채워진다. 〈성적표의 김민영〉 속 정희의 시간은 유독 그런 듯 보인다.

돌아보면, 오프닝의 삼행시클럽 해체식은 클럽뿐 아니라 세 친구의 관계에도 해체(의 전조)를 의미한다. 〈성적표의 김민영〉은 삼행시클럽의 해체로 시작하는데, 삼행시클럽이 재결성된 뒤 명확해지는 것은 세 친구가 이미 다른 길로 들어섰다는 사실이다. 이 영화는 영리하게도 단순한 말장난처럼 보이는, 심지어 반복적으로 등장하는 삼행시로 세 등장인물 각자의 성격과 (과거와 달라진) 현재 상황을 알려 준다.

자기 이름으로 지은 삼행시를 낭독하며 자신의 존재에 대해 고민하던 민영의 삼행시에는 '스마트 컨슈머'와 '텐프로 아가씨'라는 단어가 포함된다. 수산나는 'Paul'이라는 남자의 이름으로 영어 삼행시를 짓는데, 그 내용 역시 좋아하는 남자에 대한 것이다. 정희는 예전도 한번 지은 적 있는 자신의 이름을 가지고 새로 삼행시를 지었다. 셋의 삶의 중심에 무엇이 있는지를 삼행시는 예민하게 드러내 보인다. 이 삼행시가 중요한 것은, 세 친구들 사이의 대화에서 다 드러나지 않는 자신의 속마음을 노출하기 때문이다. 고등학교 시절의 정희와 민영을 돌아보자.

영화의 초반, 수능이 99일 남은 밤의 일이다. 정희와 민영은 고등학교 기숙사에서 같은 방을 쓴다. 민영이 먼저 침대로 가 눕자 정희는 책상의 스탠드를 켜고 (자려는 민영을 위해) 방의 불을 끈다. 정희가 "잘자"라고 하자 민영은 "너는?" 하고 묻는다. 정희는 책상에 앉으며 "더하다 자려고"라고 하지만, 1분도 되지 않아 스탠드를 끄고 자신의 침대로 가 눕는다. 깜깜한 방 안에서 민영의 웃음소리가 들리고, 마치 물결치듯 정희도 따라 웃기 시작한다. 〈성적표의 김민영〉 속 고등학교 시절 시간이 흐르는 방식이다. 그들은 대체로 서로를 잘 이해하는 듯 보이는데, 그 이해는 말을 경유하지 않는다. 설명하지 않아도 되는 관계다. 더 정확히는 서로에게 구구절절 설명해 본 적 없는 관계다. 매일 같이 지낼 때 비언어적 소통으로 서로를 이해한 부분이 컸다는 사실을, 열아홉 살에는 굳이 알 필요가 없었을 것이다. 누구의 잘못, 결정적인 큰 사건이 아니라 이런 미묘한 순간들이 〈성적표의 김민영〉 속 갈등을 만들어 간다.

고등학교를 졸업한 뒤 제각기 살아가는 친구들의 이야기라는 점에서 정재은 감독의 〈고양이를 부탁해〉를 연상시키기도 하지만, 〈성적표의 김민영〉은 〈고양이를 부탁해〉와 다른 시대, 다른 지역의 여성들에 대해 이야기한다. 〈성적표의 김민영〉의 셋은 졸업과 동시에 외국, 서울과 경산, 청주로 멀리 떨어져 지내는데, 그럼에도 불구하고 '비대면'으로 '대면'하며 지낼 수 있다. 이 물리적 거리감을, 정희만은 잘 실감하지 못한 채 시간이 흐른다. 정희가 민영의 서울 집에서 누워서 이야기하는 동안 민영이 노트북에 카카오톡 채팅 창을 여러 개 띄워 놓고 다른 사람들과 대화를 나누다 정희가 일어나자 급하게 창을 닫는 장면이 있다. 스크린으로 대화를 할 때도 제때 시간을 맞추기 어려웠던 이들은 이제 대면한 순간에조차 서로에게 집중하지 못한다. 아니, 민영은 정희와의 시간에 집중하지 못하고 그런 사실을 정희는 늘 한 발 늦게 알아차린다.

〈성적표의 김민영〉은 말하지 않는 순간들에서 유별나게 빛난다. 정희가 일하는 테니스장에서 흐르는 시간은 단정한 일상의 순간 그 자체로 보인다. (〈성적표의 김민영〉을 지역성을 중심으로 분석하는 작업도 무척 흥미로울 것이다. 정희의 테니스장 아르바이트를 유지영 감독의 영화 〈수성못〉의 오리배 관리 일과 나란히 두고 보면 흥미롭다.) 정희는 혼자 있는 순간에도 자세가 꼿꼿하다. 남이 볼 때와 혼자 있을 때 다르지 않다. 영화 〈헤어질 결심〉 식으로 말하면, "정희 씨는요, 몸이 꼿꼿해요. 난 그게 정희 씨에 대해 많은 걸 말해 준다고 생각합니다". 밤에는 모두가 떠난 사무실을 정리하고 화장실 청소를 한다. 여름에는 팥빙수를 만들어 판다. 이 공간은 테니스장 사장의 아들인 정일의 표현을 빌리면 "공간이 상상력이 부족하다 해야 하나, 고립된 것 같고 즐겁지가 않은" 곳이다. 정희에게는 그렇지 않다. 정희 역을 맡은 김주아 배우의 고요한 얼굴은 파도의 존재를 모르는 호수와 같고, 테니스장 뒤편 야산에 일을 하러 갔다가 숲의 적요, 나뭇잎 사이로 내리쬐는 빛에 시선을 빼앗기는 정희의 슴슴하게 호기심 어린 표정은 그의 내면을 반영하는 듯 보인다. 그는 어디에서도 고립되지 않는 사람이다. 그렇다고 그에게 함부로 해도 좋다는 뜻은 아니다. 그가 화를 낼 줄 모른다는 뜻도 아니다.

정희가 타인을 배려하는 마음 씀씀이도 그런 식이다. 움직임이 적어 보인다 해서 상상력이 부족한 것이 아니다. 하지만 사람들은 그런 정희의 얼굴을 마주할 때 불편해하는 반응을 보이곤 한다. 테니스장 사장은 정희를 해고하기 위해 정희에게 등을 돌리고 앉아 달라고 부탁한다. 줌으로 하는 삼행시클럽에 민영이 늦었을 때 수산나는 (민영이 아닌) 정희에게 불편한 심기를 드러낸다. 오히려 아무 관계 없는 사람 앞에서 비로소 우리는 정희의 속마음처럼 들리는 말을 처음으로 듣게 되는데, 민영의 집에 간 정희가 가게에서 떡볶이를 사는 대목이다. 떡볶이집 아주머니가 여상하게 정희에게 묻는다. "학생이야?" 정희는 대답한다. "아니요. (사이) 때를 기다리고 있어요." 질문자의 의도(손님을 대하는 인사치레)와 답변자의 의지(진심의 토로)가 완벽하게 어긋나는 순간인데, 이때의 정희 표정은 어딘가 결연해 보이기까지 한다. 정희는 무엇을 기다리길래.

다시 민영의 집. 민영은 참외를 깎고 있고 정희는 방에서 액자에 담긴 숲 사진을 보고 스케치를 하고 있다. 민영은 정희에게 "그림에서 피톤치드 냄새나지 않냐?"라고 하는데, 정희가 그렇다고 하자 "옆에 방향제 냄샐걸?"이라고 한다. 하지만 정희는 떡볶이 가게에서처럼 엉뚱한 얘기로 빠져든다. "깊은 숲속 같은 데, 그런 데 엄청 깊이 들어가 사는 거야." 그리고 장면이 바뀌어, 숲에서 호미를 들고 일하는 여자의 뒷모습이 보인다. 이 장면은 정희의 상상일 것이다. 정희가 기다리는 때는, 그렇게 아주 오랜 시간을 숲에서 홀로 지내다 누군가의 방문을 받으며 찾아오는 것일지도 모른다. 하지만 정희의 이런 상념 혹은 호소를 민영은 듣지 않는다. 사실 이 영화에서 정희의 이런 마음을 알아주는 사람은 아무도 없다. 궁금해하는 사람도. 영화의 관객은 정희의 마음을 듣는 유일한 청중이 된다.

제목은 왜 '성적표의 김민영'일까. 이 이야기를 하려면 정희에게 더 가까이 다가가야 한다. 김민영이 받은 성적표라는 뜻으로 순탄히 읽히는 '김민영의 성적표'와 달리 '성적표의 김민영'이 되면 다소간의 혼란을 유발한다. 이 영화에는 민영이 받는 성적표가 두 개 나온다. 하나는 학점 문제로 담당 교수와 메일을 주고받느라 정희에게 소홀하게 되는 원흉인 성적표가 있고, 다른 하나는 그런 민영을 보고 정희가 점수를 매긴 새로운 성적표가 있다. '성적표의 김민영'이라는 제목은 '성적표에 적힌 김민영이라는 사람', 즉 '정희가 본 민영'을 반영하며 두 친구의 존재를 제목에 녹여 낸다.

〈성적표의 김민영〉은 시종일관 이해해야 할 정희의 이야기 같다가, 말미에 이르러서는 민영이 이해받는 이야기처럼도 보이게 설계되어 있다. 이 마법은 '성적표'를 통해 완성된다. 청주에서 서울까지 온 친구를 무시하고 제멋대로인 민영 때문에 우리는 정희의 입장에서 내러티브를 이해하게 된다. 하지만 "완전 한국인"이 싫다면서도 '현실적'으로 더 높은 목표를 가져야 한다고 생각하는 민영의 조바심이야말로 정희의 초연함보다 우리 시대의 스무 살 이야기에 더 가까울 것이다. 민영이 꿈을 포기하기 위한 이유를 적어 내려갔던 순간을, 무언가를 너무 원하기 때문에 이유를 몇 개씩 달아서라도 단념해 보려고 노력해 본 사람이라면 쉽게 넘길 수 없을 것이다. 〈성적표의 김민영〉은 이런 이야기를 경쾌하게 이어 가는 법을 안다. 〈웬만해선 그들을 막을 수 없다〉의 에피소드를 정희, 민영, 수산나, 정일이 재연하는 장면이나, 정희와 민영이 빗속에서 자전거를 타는 장면(두 번에 걸쳐 조금 다른 뉘앙스로 반복된다)은 유머러스하면서도 작은 상처 같은 인상을 남긴다.

그렇게 이 영화는 시종일관 미묘한 선을 넘나든다. 우리는 때로 정희의 입장에서, 때로 민영의 입장에서 갈등을 함께 경험한다. 미묘함이 절정에 다다르는 순간은 민영이 교수를 만나 성적 정정 문제를 해결하고 오겠다며 메모를 남기고 집을 나간 뒤, 혼자 남은 정희가 민영의 다이어리를 훔쳐 읽기에 앞서 바른 자세로 무릎을 꿇고(이 순간에도 정희는 꼿꼿한 자세를 유지한다) 다이어리를 이마에 대고 기도하는 대목이다. 지금껏 홀대받는 손님이었던 정희는 침입자가 되어 구석구석을 뒤지며 탐색한다. 그리고 민영 입장에서의 시간을 민영의 일기를 통해 경험한다. 비 오는 날 자전거를 탄 기억이 이번에는 민영의 버전으로 반복된다. 그날 민영은 정희의 기발함에 감탄함과 동시에, 정희의 상상력이 "내가 효용이 없다는 생각이 들게 한다"라고 일기에 적었다. 정희는 민영의 비밀스러운 소망도 알게 되었다. 스무 살에 만났다면 친구가 되지 않았을 둘이, 열아홉에 만나 서로를 깊이 알게 되었다. 스무 살의 관계는 이렇게 새로 시작될 것이다. (그것이 관계의 끝이라 하더라도.)

영화의 마지막, 정희는 자신과 민영의 이름으로 완성한 그림 두 점으로 대회 입상에 성공했다. 민영의 이름으로 출품한 그림은 뜻밖에도 정희 자신의 소망을 그림으로 그린 '숲의 정령'이다. 자신이 홀로 앉아 일하던 상상 속 숲속의 자리를 민영에게 준 것이다. 그림은 정희가 민영을 위해 작성한 또 하나의 성적표가 아닐까. 잃어버린 줄 알았는데, 여전히 거기 있는 우정을 위하여.

이다혜

《씨네21》 기자이자 작가, 팟캐스터, 글쓰기 강사. 네이버 오디오클립 '이수정 이다혜의 범죄영화 프로파일'을 진행했고, KBS 1라디오에서 '이다혜의 영화관, 정여울의 도서관'을 진행하고 있다. 저서로 『출근길의 주문』 『퇴근길의 마음』 『좋아하는 것을 발견하는 법』 『어른이 되어 더 큰 혼란이 시작되었다』 『아무튼, 스릴러』 『여행의 말들』 『코넌 도일』 등이 있다.

Kim Min-young of the Report Card

관계의
시차

|

이라영

종종 어린 시절 친구들과 '다시 만날' 약속을 한다. 그러나 다시 만났을 때 그 사람은 내가 알던 그 사람이 아니다. 반대로 그도 역시 나를 그렇게 느낄 것이다. 각자가 다른 방식으로 성장통을 겪으며 조금씩 다른 방향으로 자란다. 어느 순간 관계의 교집합은 과거의 기억에만 머물고 점차 현재를 공유하기 힘들어지며 서로가 바라보는 미래도 달라진다. 안타깝지만 관계에도 유통 기한이 있다.

〈성적표의 김민영〉은 같은 고등학교에 다니는 세 사람의 성장과 관계를 다룬다. 열아홉에서 스무 살까지의 시간, 미성년에서 성년이 되는 시간, 그 길지 않은 시간 사이에 각자의 사회적 위치와 거주하는 장소가 달라지며 관계에도 변화가 생긴다.

세계 속의 '나'

청주의 한 고등학교 기숙사. 창문에는 김연아 사진이 붙어 있다. 수능을 100일 앞두고 민영, 정희, 수산나 세 사람이 삼행시 모임을 해체하는 선언을 하며 이야기는 시작한다. 이들이 모임을 만들 때도 창립 선언을 했는지, 했다면 그 선언은 무엇이었을지 알지 못한 채 우리는 모임 해체 선언을 접한다. 세 친구들이 삼행시 모임을 해체하는 이유는 "학생과 자식으로서의 본분을 다하기 위해서"다. 삼행시를 짓는 창작 모임을 그렇게 해체하고 그들은 "창작욕을 잠시 재워 두려" 한다. 동일한 목표를 가지고 모임을 해체한 이들의 관계는 앞으로 어떻게 될까. '삼행시'라는 공통분모를 잃어도 이 관계는 전과 같을 수 있을까. 나아가 이들은 과연 자신들의 창작욕을 잠재울 수 있을까.

정희는 청주에서 고등학교를 졸업한 후 대학에 가지 않고 테니스장에 취직한다. 민영은 청주를 떠나 대구대에 진학한다. 수산나는 한국을 떠나 하버드대학에 진학한다. 그리고 또 다른 한 사람이 있다. 정희가 수능 시험장에서 처음 만나 나중에 테니스장에서 다시 만나게 되는 재수생 정일이다. 각자가 살아가는 장소가 개개인의 성장과 이들의 관계에 적지 않은 영향을 끼친다. 한국을 떠난 사람(수산나), 청주를 떠난 사람(민영), 청주에 있지만 대학에 합격하면 떠날지도 모르는 사람(정일), 그리고 적어도 아직까지는 떠날 계획이 없는 사람(정희)이 현재를 살아가는 방식은 제각각이다. 영화는 그 장소를 떠나지 않았으며 떠날 계획도 없어 보이는 정희의 시점에 의존한다. 그리고 민영과 정희의 관계로 영화는 점점 좁혀진다.

우선 대학에 가는 건 여러 가지 변화를 만든다. 단지 상급 학교로의 진학만이 아니라 누군가에게는 자신이 살았던 지역을 떠나는 기회가 된다. 특히 지방에 거주하는 학생들의 경우 제 고장을 벗어난다는 사실에 더욱 의미를 둔다. 지리적으로 남한의 중간쯤에 위치한 청주. 인구가 80만이 넘으니 그리 작은 도시는 아니지만 서울 같은 대도시는 아니다. 십 대 때는 어쩐지 새로운 곳, 더 넓은 곳으로 떠나고 싶은 마음을 품곤 한다. 어떻게 해서든 새크라멘토를 떠나려고 가족과 악다구니를 치며 싸우는 '레이디 버드'의 모습이 이를 잘 반영한다. 영화 〈레이디 버드〉의 배경인 새크라멘토도 결코 작지 않은 도시이지만 도시의 규모와는 별개다. 먼 훗날 다시 그리워할지라도 젊은 날에는 자신이 살아온 장소를 떠나 다른 세계로 가고 싶어 한다. 민영과 수산나에게 청주는 그런 곳이었을 것이다. '성장'하기 위해서는 떠나야 하는 곳. 젊은 날 고향을 떠나는 것은 마치 도전의 필수 항목처럼 여겨진다.

그냥 완전 한국인

민영은 오빠의 집에 걸린 남성 가족들만 찍은 가족사진을 도둑이 훔쳐 가길 원할 정도로 경멸한다. 군인 출신인 할아버지의 보수적인 면을 극렬히 싫어하는 민영이 가족에게서, 자신이 자라 온 장소로부터 점점 멀어지려고 하는 모습은 어쩌면 자연스러워 보인다. 그뿐만 아니라 민영은 수시로 '한국인'을 비난한다. 민영이 할아버지의 보수성에 거부감을 보이듯, 그가 드러내는 '한국인'에 대한 거부감에는 강한 남성 동맹도 한몫 했으리라 짐작한다.

민영에게 '한국인'은 온갖 부정적 성격을 의미한다. 민영은 현재 재학 중인 대학에 '한국인' 같은 사람들만 있어서 싫어한다. 게다가 '경상도'라는 지역이 상징하는 보수성이 민영과 더욱 충돌했을지 모른다. 민영이 편입에 성공해서 서울에 정착한다면 민영은 과연 서울과 서울 사람들에게 만족할까. 민영이 그토록 싫어하는 '한국인'이 아닌 사람들을 만날 수 있을까. 흥미롭게도 정작 한국을 떠나 미국에서 공부하는 수산나는 “그냥 여기도 똑같이 사람 사는 데”라고 말한다. 한국을 떠난 자의 여유일지도 모르겠다.

한국인은 어떤 사람일까. 민영이 “그냥 완전 한국인”이라고 할 때 한국인은 “다 가식”인 사람들이다. 진실되지 않은 가식적인 태도를 ‘한국인’이라 규정한 민영의 말이 맞다면, 민영도 자신이 그토록 싫어하는 ‘한국인’의 범주에 들어간다. 민영은 친구를 초대해 놓고 정작 친구와의 관계를 방치한 채 자신의 학점 정정에만 신경 쓴다. 가부장적인 집안 분위기를 경멸하지만 그 가부장인 할아버지가 편입하면 집을 주겠다고 하자 열의를 보인다. “남의 눈치를 보고 안정된 삶을 쫓는 사람들”이 한국인이라 평했지만 민영도 그 남의 눈치에서 자유롭지 않다. 다시 말해 민영은 청주에 있든, 경산에 있든, 서울에 있든, 혹은 한국을 벗어나도 자신이 그토록 싫어하는 ‘한국인’과 멀어지기 어려워 보인다. 어디에서 무엇을 하든, 자신이 싫어하는 ‘한국인’이 바로 자기 자신이기 때문이다.

떠나길 거부하는 청춘

한편 정희는 좀처럼 자신을 둘러싼 환경에 불만을 드러내지 않는다. 정희는 언제나 현재에 충실하다. 지금, 여기에서 할 수 있는 일에 집중한다. 대학에 갈 계획도 청주를 떠나야 한다는 생각도 없다. 이 영화를 관통하는 주요한 주제는 장소인데, 익숙한 장소를 떠남으로써 성장의 관문으로 들어서려는 청년의 모습만이 아니라 오히려 은둔을 갈망하는 젊은이를 보여 준다. 민영이 서울에 모든 것이 다 있다는 사실을 강조하며 정희에게 "청주에는 그런 거 없잖아"라고 할 때 정희는 "있어. 나 혼자 있어도 네 시간 동안 아무도 안 오는 가게"라고 말한다. 그에게는 혼자의 시간에 집중할 수 있는 공간이 소중하다.

세계 지도 위에 자신이 가 본 곳마다 사진을 붙여 놓은 민영과 달리, 아무리 봐도 떠날 욕망을 드러내지 않는 정희의 모습이 내게 약간 신선했다는 고백을 해야겠다. 지방 소도시 출신인 나는 청소년 시절 '레이디 버드'처럼, 민영처럼, 혹은 수산나처럼 내가 자라온 곳을 떠나 '더 넓고 새로운 곳'으로 가야 한다는 생각으로 가득했기 때문이다. 지금은 달리 생각하지만 그 당시의 나는 분명히 그랬다. 그런 면에서 민영이 청주에서 경산으로, 다시 서울로 옮기려고 애쓰는 모습은 오히려 낯설지 않다. 게다가 지방에 사는 여성 청소년에게 대학 진학과 함께 그 장소를 떠날 수 있는 기회는 자신을 구속하는 많은 문화들로부터 떠날 수 있는 절호의 기회이기도 하다.

정희는 주어진 일을 한다기보다 어디에 있어도 일을 만들어 내는 유형이다. 테니스장에서 팥빙수를 만들어 팔고, 크리스마스 장식을 하고, 홍보 전단지를 만든다. 그림 그리는 것을 좋아하지만 그렇다고 미대에 진학할 계획은 없다. 그저 일상에서 틈틈이 그림을 그린다. 민영이 오빠 집에서 사용하는 밥상이 너무 작아 두 명이 쓰기에 부족하자 정희는 길에 버려진 식탁을 구해 오고 페인트가 벗겨진 곳에 사인펜을 칠한다. 정희는 상상력을 동원해 스스로를 즐겁게 만들 줄 안다. 빗속에서 수경을 쓰고 자전거를 타면서 마치 수영장에서 수영하는 기분을 느낀다. 이런 사람이라니, 나는 정희를 탐구하고 싶어졌다. 도무지 불안이라고는 없어 보이는 이 안정적인 정서는 어디서 비롯되었을까.

어쩌면 정희는 '더 넓은 세계'로 가고 싶은 마음이 아니라 '더 깊은 나'를 꿈꾸는 것은 아닐까. 그가 가끔 꿈꾸는 삶은 깊은 숲속에서 홀로 약초를 캐며 사는 삶이다. 사람들에게는 잊힐 즈음 자신은 약초 박사가 되어 있는 모습을 상상한다. 은둔을 희망하는 것처럼 보이지만 실은 누구보다 세상을 알고 싶어 한다. 민영에게는 '사차원'으로 보이는 다소 엉뚱한 정희는 오히려 제 삶을 매우 현실적인 차원으로 구축한다. 민영의 현실적 충고와는 결이 다른, 정희가 만드는 현실이다.

창작과 본분

청주, 경산, 미국으로 흩어진 정희, 민영, 수산나는 물리적 거리를 극복하고 다시 온라인으로 삼행시 모임을 이어 가지만 순탄치 못하다. 물리적 장소의 변화는 시차까지 만든다. 수산나는 한국 시간을 기준으로 모임을 지속하는 친구들이 이기적으로 보인다. 관계에도 시차가 생긴다. 미국에 있는 수산나가 한국어가 아닌 'Paul'이라는 이름으로 영어 삼행시를 짓듯이, 각자의 생활권이 달라지자 일상이 재구성되고 생각하는 게 달라진다. 누구의 탓도 아니다. 이들이 더 이상 삼행시 모임을 갖기 어려운 이유는 삶의 화두가 달라졌기 때문이다.

한때는 언어를 가지고 노는 것을 좋아했던 민영은 이제 정희가 불쑥 삼행시를 짓자 분위기 파악 못하는 행동으로 여긴다. 민영은 정희가 가져온 리스트에 관심이 없었듯 영화관에 가서도 보고 싶은 영화가 없다. 백 텀블링을 하고 싶어 하던 적극성도, 햇반으로 경단을 만들겠다는 기발함도 현재의 민영에게서는 찾아볼 수 없다. 학생이라는 본분에 충실하기 위해 잠시 창작욕을 미뤄 뒀던 민영은 정작 그 본분에 충실하지도 못한 채 부유한다.

그렇지만 민영에게도 꿈이 있다. 민영은 '늙어서' 대학에 가도 괜찮다며 정희에게 지금이라도 대학에 가라는 현실적인 충고를 한다. '늦은 나이'지만 아이돌이라는 꿈을 접지 못하는 바로 자기 자신의 소망을 말하는 셈이다. 겨우 스무 살일 뿐인데. 그 나이에 해야 할 정상적인 본분을 강요하는 사회에서 우리는 너무 빨리 '늙은' 사람이 된다. 제 나이에 학교를 다니고 제 나이에 결혼하지 않으면 경로를 이탈한 사람 취급을 받는다. 수능 시험장에서 정희가 본 머리가 하얀 여성 수험생이 떠오른다. 그 여성이 그때 수능을 보기까지 많은 삶의 이야기가 있었을 것이다. 그에게는 그때가 시험을 볼 때였을지도 모른다.

민영, 정희 그리고 수산나에게 창작 욕구는 곧 내가 누구인지를 찾는 것이 아니었을까. 때를 기다리는 정희와 열정만큼은 초등학생인 민영의 꿈도, 폴의 등을 바라보는 수산나의 마음도 응원한다. 그들이 영원히 "이대로 살아가진 않을 거예요"라고 변호하고 싶다. 정희는 민영의 인간관계 점수를 아주 낮게 줬지만, 다른 사람의 일기장을 훔쳐보는 정희도 충분히 모순된 인간이다. 정희가 민영의 '성적표'에 남긴 말은 타인의 삶을 대하는 모두에게 필요한 자세다. "아무도 한심하다고 덜 절실하다고 말할 수는 없다고 생각해." 그리고 이제 나도 밥으로 경단을 만들어 보려 한다.

이라영

예술사회학 연구자. 모든 종류의 예술을 사랑한다. 미술과 예술 경영을 공부한 후 문화 기획과 문화 교육 분야에서 일했다. 개별 작품보다 작품을 둘러싼 사회구조와 역사에 관심이 많아 프랑스에서 예술사회학을 공부했다. 저서로 『말을 부수는 말』 『여자를 위해 대신 생각해줄 필요는 없다』 『폭력의 진부함』 『정치적인 식탁』 『타락한 저항』 『진짜 페미니스트는 없다』 등이 있다.

Kim Min-young of the Report Card

회고록의 김민영

|

서솔

동 동시에 같은 곳을 바라보던 친구들이 있었다.
상 상상만으로도 짜릿한 미래를 노래하며, 우리는 비현실적인 이야기에도 서슴없이 웃음을 터뜨렸다. 그 웃음은 영원할 것이라 생각했다.
이 이젠 그 헛된 기대가 얼마나 허무맹랑한 소리였는지를 안다.
몽 몽글몽글했던 우리의 웃음소리가 기숙사 담장에 부딪혔을 때 울려 퍼진 마찰음만이 사방에 가득하다.

동시에 상상했던, 이루어질 수 없는 몽상

손가락만 몇 번 움직이면 누군가에게 연락할 수 있는 시대다. 그래서 공허하다. 내가 보낸 카카오톡 메시지의 '1'이 사라지지 않을 때, 내가 보낸 '1'이 사라져도 상대방의 '1'이 오지 않을 때, 숱한 1이 오가도 대화의 결괏값이 0일 때. 우리는 관계에 대한 공허함을 깊이 채우게 된다. 공허함의 무게가 커질수록 나는 어른이 되어 갔다.

각본의 57-1번 신. '연락도 안 오는 휴대폰을 해지해 버릴까?' 묻는 민영의 대사에서 나는 덜컥 숨을 멈췄다. 몇 년 전, 차마 내 입 밖으로 내뱉지 못했던 말이었다. 대학을 졸업하고 나자 모든 연락처가 일순간 신기루처럼 느껴졌다. 그러나 모두 알다시피 실행할 수 없는 대사다. 시대의 정상성과 정확히 반대로 가는 일이기 때문이다. 한국 사회에서 휴대폰 번호는 주민등록 번호보다 중요하다. 직장을 얻고자 할 때는 두말할 것도 없으며, 인터넷에서 옷을 사려고만 해도, 도서관에서 책을 빌리려고 해도 010으로 시작하는 휴대폰 번호가 반드시 있어야만 한다. 그러나 아직 그걸 모르는 고등학생 민영은 자신의 시대적 자아를 소멸시킬 생각을 한다. 물론 어림없는 생각이지만 말이다.

영화 속, 정희를 앞에 두고 화면 가득 카카오톡 채팅 창을 펼쳐 놓은 민영은 과연 누구에게 둘러싸여 있었을까? 대학교 내 집단에 소속감을 부여하는 단어는 '단체 카톡방'이었다. 학교에 다닐 때 적게는 4명, 많게는 50명 이상이 모여 있는 단체 카톡방이 셀 수 없이 많았다. 누적된 카카오톡 채팅 창은 내려도 내려도 끝이 없었다. 학기 중 팀플을 요구하는 교양과목을 수강할 때면 낯선 사람들을 잊지 않기 위해 그들의 이름 앞에 학번과 학과를 반드시 함께 저장했다. 이를테면 '22 경영 김민영'처럼 말이다. 그렇게 한 학기가 지나고 나면 두 번 다시 연락하지 않을 이름들이 한가득 쌓였다. 지겨웠지만 피할 수는 없었다. 대학을 졸업하고, 지리멸렬한 단체 카톡방들을 모두 나간 뒤 연락처를 리셋했던 건 필연적인 일이었다. 알량한 체에 전화번호부를 거르자 남아 있는 이름은 손가락으로 세어졌다.

수능이라는 거대한 이데올로기를 통과한 정희와 민영 그리고 수산나의 '삼행시클럽' 단톡방을 상상해 봤다. 아마 스무 살이 된 직후엔 비교적 활발히 대화를 나눴을 것이다. 그러나 3월, 민영의 학기가 시작되고 수산나도 미국의 생활에 적응한 뒤엔 정확히 열세 시간의 시차로 답장이 오갔을 것이다. 그러다 차츰 답장의 기간이 하루를 넘어가며 그들의 카톡 알림은 어느새 멈추었을 것이다. 그러고 나서는 수산나가 방학을 맞아 한국에 귀국해도 정희와 민영에게 알리지 않을지도 모른다. '너네는 내 시간 맞춰 줄 만큼 날 중요하게 생각 안 하잖아.' 훗날 왜 연락하지 않았느냐는 질문에 수산나는 이렇게 대답할 것 같다. 혹은 물음에 응답하지 않은 채 열세 시간의 시차 뒤로 숨어 버릴 수도 있다.

'우리 모두는 스무 살이었다.' 2012년 전국을 휩쓸었던 영화 〈건축학개론〉의 카피인 '우리 모두는 누군가의 첫사랑이었다'를 〈성적표의 김민영〉 식으로 써 보았다. 공통의 목표였던 '수능' 행사가 종료되고 삶의 터전이 바뀐 뒤, 친구들 사이에 미묘한 관계 변화를 느낀 스무 살이 많을 것이다. 운이 좋다면 친한 친구와 같은 대학교에 갈 수도 있지만, 보통 그런 일은 잘 일어나지 않는다. 친구와 내가 다른 대학에 간다는 건 물리적으로 너와 나의 몸이 떨어진다는 뜻이다. 그러면 어쩔 수 없이 마음도 멀어진다. 매년 3월. 한 교실에서, 같은 기숙사 방에서 모든 일상을 함께했던 고3들의 생이별이 전국에서 일어난다. 그리고 이 생이별은 더 이상 그들이 고등학생 때처럼 같은 배경 아래에서 대화를 나눌 수 없다는 것을 뜻한다. 그들을 둘러싼 세계가 완전히 다른 모양으로 변해 버리기 때문이다. 배우는 것, 입는 것, 먹는 것, 보는 것, 말하는 것, 모든 것이 바뀐다. 그 사이에 카톡으로 연결될 수 없는 공백이 발생한다.

영원할 것이라 생각했던 세 명의 삼행시클럽이 막을 내리는 건 당연한 수순이었다고 본다. 그들 사이의 거리는 태평양보다 더 넓어진 지 오래다. 민영의 입에서 불현듯 튀어나온 '텐프로 아가씨'와 수산나가 Paul에게 보내는 러브레터 사이에 벌어진 간극은 돌이킬 수 없다. 그 신에 이름을 붙인다면 단연코 '동상이몽'이다. "얘들아, 이제 그만하자." 내가 가서 랜선을 대신 뽑아 주고 싶을 정도다. 노트북 화면에 팝업된 피상적인 그들의 얼굴은 지켜보는 이들마저 불편하게 만든다. 화장이 짙어지는 민영과 수산나 사이에서, 빨대 세 개를 끼워 기발하게 음료수를 마시는 정희만이 열아홉 살의 나이테로 보일 뿐이다.

마음의 못난 반작용

〈성적표의 김민영〉은 관객들이 정희의 감정선을 따라가게 한다. 시간이 흐르고 어느새 정희에게 감정이입을 한 관객들은 민영이 정희를 위해 현관문조차 잡아 주지 않을 때 정희 대신 상처를 받을 수도 있다. 오랜만에 보는 친구를 위해 참외며 배드민턴 채를 챙겨 가는 정희의 행동에서는 애틋함마저 느껴진다. 나에게도 저런 친구가 있었으면, 하는 생각이 저절로 든다. 반면 무거운 캐리어를 이끌고 상경한 정희를 아랑곳하지 않으며 하고 싶은 대로 하는 민영은 어느새 못된 친구로 인식된다. '너 늙어서 대학 가도 뭐 밥 혼자 먹는 거 빼고는 괜찮아', '한국인들은 한국인들 같아서 싫다'며 타인의 삶을 타자화하는 것을 넘어 자신의 국적까지 혐오하는 듯한 민영의 발언은 일면 우스꽝스럽게 느껴진다.

그러나 영화의 엔딩 크레디트가 올라가자 몇 가지 질문이 떠오른다. '당신이 민영을 비난할 수 있는가? 당신은 한 번이라도 민영이었던 적이 없는가?' 태생부터 가족사진에 낄 수 없었던 막내딸, 입학하자마자 묘하게 어긋나 뒤틀려 버린 대학교 친구들, 타인에게 한 번도 얘기해 보지 못한 아이돌 가수의 꿈, 내가 그 꿈을 이룰 수 있는지 없는지도 알 수 없는 막막함. 그 어느 것도 민영을 만족시킬 수 없는 상황에서 학점까지 엉망으로 나왔으니 정희가 바리바리 챙겨 온 짐이 눈에 들어왔을 리 없다. 변해 버린 내 현실은 이토록 비참한데 아직도 고등학생 때처럼 놀려고 하는 정희가 한심하게 느껴졌을지도 모른다. "너는 알바하면서 뭘 계속 찾겠다고 하는데 그게 그냥 돈 버는… 거 아니야? 그냥 내 생각이긴 해. 진짜 유명한 대학 나와서 그림 그려도 잘될까 말까잖아." 그가 정희에게 날린 훈수는 '인서울' 대학에 다니지 못하는 자신에 대한 자조 섞인 발언에 더 가깝다. 현실은 지방대학에 다니며 미생물학 수업 성적 하나를 정정하기 위해 전전긍긍하는 삶이니 말이다.

"그거 빼고 다 먹어." 정희의 입장에서 가장 서운했을 푸딩 신도 그 의미에서 해석해 보면 일정 부분 납득이 간다. 줄지 말지 내가 결정할 수 있는 것. '무엇이든' 하나라도 내 뜻에 따라 결정할 수 있었으면 하는 마음의 반작용이었을 것이다. 이 행동으로 보건대 친구와의 관계도 오롯이 친구와 나 그 자체의 일대일 상호작용이 아니다. 대학생과 비대학생의 신분, 서울과 지방의 차이, 집안 내력의 차이. 불쑥 튀어나오는 모난 감정들은 친구가 아닌 나의 현실에서 만들어지고 그것들은 때때로 타인에게 상처를 준다.

친구에게 보내는 반성문

영화 속 사소해 보이는 민영의 말과 행동은 두 사람의 거리를 계속해서 벌린다. 그 때문에 민영이 정희에게 하는 모든 말들이 극적으로 들린다. 정희를 앞에 두고 이어폰을 끼는 장면에서는 '이렇게까지?' 하는 생각이 들 정도로 과장되게 느껴졌다. 그래서 역설적으로, 이 영화 자체가 훗날 민영이 정희에게 보내는 거대한 반성문으로 보였다.

사실 민영은 그렇게까지 별로인 사람이 아니었을 수도 있다. 자신을 위해 참외며 햇반을 한가득 싸 온 친구에게 현관문조차 잡아 주지 않는 사람은 아니었을 수도 있고, 성적 정정을 하느라 '그렇게까지' 정희를 내팽개치지 않았을 수도 있다. 실제론 멀리서 온 정희를 위해 맛있는 한 끼를 해 먹였을 수도 있다. 그러나 시간이 흐르고 나이를 먹어 가면서 10년 전 자신을 돌아봤을 때, 정희에게 못되게 한 행동만 기억나는 것이다. 만약 10년 뒤 민영의 곁에 정희가 없다면, 그날의 기억은 영원히 그렇게 멈출 수도 있다.

2022년 이상문학상 대상작 「불장난」을 쓴 손보미 작가는 문학적 자서전인 「일인칭 여자애」에서 '나의 잘못으로 중학교 때 친했던 친구와 멀어진 후, 친구가 전학 간 날'에 대해 이야기했다. 작가는 당시 친구의 마지막 얼굴을 봤고, 여전히 또렷하게 얼굴을 떠올릴 수 있었으며 마지막 인사를 나누었다고 원고를 작성했다. 그런데 원고를 보내기 전, 우연히 오래전에 쓴 일기에서 그것이 사실이 아니었음을 발견한다. 일기 속 작가는 실제로 친구가 떠나는 장면을 보지 못했고, 친구의 뒷모습만 선명하게 기억났다고 쓰여 있었다. 완전히 잘못된 기억을 통해 작가는 그날의 기억을 반성했다. 우리는 이처럼 지난날을 기억하는 과정에서 뜻하지 않게 사실을 왜곡하기도 하고 없던 장면을 추가하기도 한다.

'숲의 정령' 그림에서 약초를 캐는 컷으로 디졸브되는 엔딩의 주인공이 정희가 아닌 민영이었다는 점에서 이 영화를 민영의 반성문으로 이해할 수 있다고 봤다. 민영이 약초를 캐다 뒤를 돌아보는 행동은 내가 지나온 길을 반추하는 것처럼 보인다. 자신의 기억 속에 재배열된 그날의 김민영은 정희의 성적표로 합산하면 종합 성적 2.84점(4.5점 만점)이다. 회고록 안에 담긴 민영은 2.84점의 친구였다.

엔딩 속 민영은 과연 뒤를 돌아보며 무슨 생각을 했을까? 그때의 성적표를 정정하기 위해 정희에게 연락할 수 있을까. 아니면 삶에서 그런 성적표가 있었음을 머금고 묵묵히 살아갈까. 어떤 선택지든 변하지 않는 사실은, 정희가 그날 준 성적표는 끝내 정정할 수 없는 영원한 성적표라는 것이다.

서솔

90년대생 여자로 태어나 하고 싶은 일이 많은 사람으로 자랐다. 영화과에서 만난 동기 강민지와 함께 유튜브 채널 '하말넘많'을 운영하며 『따님이 기가 세요』를 썼다. 최근 조선일보에 칼럼을 연재하고 있다.

Kim Min-young of the Report Card

열아홉과 스물 사이, 불완전한 우정 보고서

|

이의진

누구나 성장기를 거치면서 한 번쯤 생각한 적 있을 것이다. 지금의 상황이 변하지 않을 거라고, 우정과 맹세는 영원할 거라고 말이다. 어쩌면 믿었을지도 모른다. 자신을 둘러싼 세상의 모든 것이 변해도 자신이 믿는 가치는 그 자리에 머물 것이라고. 채 스무 살에 다다르지 않은 열아홉 살의 순수가 여기에 있다. 이 영화는 아직 인생의 더 많은 날들을 알지 못하는, 그렇기에 순수하고 그렇지만 앞으로 한참은 더 세상과 부딪혀야 하는, 이제 막 스무 살 문 앞에 서 있는 젊음을 이야기한다.

'삼행시클럽'의 해체로 시작하는 '우리들'의 스무 살

청주여자고등학교 기숙사 안. 삼행시클럽을 만들어 고교 시절을 함께 보낸 단짝친구 유정희, 김민영, 최수산나가 모여 있다. 수능 100일을 앞두고 정희가 삼행시클럽 해체 선언문을 낭독하는 것으로 영화는 시작된다. 인상적인 건 선언문의 내용이다. "수능 100일을 앞두고 학생과 자식으로서의 본분을 다하기 위해 우리의 창작욕을 잠시 재워 두려 합니다"라니. 자칫 비장하게 보이는 이 장면은 낯설지 않게 다가온다. 그 이면에 대학 입시가 전 국민에게 절대 명제로 작동하고 있는 우리 사회의 현실이 반영되어 있기 때문이다.

김 김씨 성을 가진 사람들이 너무 많다. 그래서 김씨들이 모여 가장 효용 없는 한 사람을 추방하자 회의를 했다.

민 민영아. 누군가가 내 이름을 불렀다. 나는 변호하고 싶었다.

영 영원히 제가 이대로 살아가진 않을 거예요.

선언문 낭독 이후 발표되는 민영의 최우수 삼행시는 민영이라는 인물을 엿보게 해 준다. 분명히 내면에서 꿈틀거리고 있지만 자신도 명확히 인지하지 못하고 있는, 현재의 자신에 대한 불만족과 자신 없음, 끊임없이 더 폼 나는 존재가 되고 싶은 욕망을 민영은 삼행시를 통해 부지불식간에 드러낸 것이다.

삼행시클럽을 해체한 셋은 당분간 수능 준비에 몰두하기로 한다. 그러나 현실은 각자 다르다. 우리 사회 모든 고3이 그러하듯 성적에 따라 길이 갈린다. 정희는 수능 시험장에 시계를 두고 와 낙심한 남학생에게 자기 시계를 빌려주고, 정작 자신은 시험 내내 창밖을 본다. 이런 정희의 모습은 모든 고3이 당연히 수능에 목숨을 걸 것이라는 통념이 얼마나 안이한 고정관념인지를 보여 준다. 정희에게 수능은 그 시간 동안 자리를 지키고 있던 것, 그 이상도 이하도 아니다.

어디에도 영원한 것은 없어

대입을 포기하고 청주에 남아 테니스장에서 아르바이트를 시작한 정희, 경산에 있는 대학에 진학한 민영, 그리고 하버드대학에 입학한 수산나, 셋은 예전 같을 수 없다. 얼굴 맞대고 이야기할 시간조차 만들기 힘든 이들이 점점 소원해지는 건 어쩔 수 없는지도 모른다. 화상 채팅으로라도 삼행시클럽을 끌고 가려고 하지만 역설적으로 모임을 거듭할수록 셋의 간극은 벌어진다.

어떻게든 삼행시클럽을 끌고 가고 싶어 하는 정희와 달리 민영의 태도는 뜨뜻미지근하다. 오랜만에 화상으로 셋이 만나는 장면은 이들의 만남이 계속 이어질 수 있을지, 그 위태위태함을 보여 준다. 수산나와 정희가 기다리고 있는데 민영이 지각한다. 한국과 시차가 존재하는 곳에 사는 수산나는 이미 초조함과 불만을 감추지 않고 있다. 결국 변명만 잔뜩 늘어놓으며 민영이 화면 안으로 들어왔을 때, 둘은 이미 지친 상태다.

그러나 민영은 이제 성의조차 보이지 않는다. 정희를 위해 운을 띄워야 하는데 제때를 맞추지 못해 엉뚱한 곳에서 운을 넣을뿐더러 자기 차례가 오자 제시어조차 제대로 준비하지 않은 걸 들킨다. 당황해서 주변에 눈에 띄는 아무 단어나 던지고 만 것이다. 이어지는 엉성하기 이를 데 없는 민영의 삼행시에 나머지 둘은 떨떠름해지고 만다. 결국 민영이 읊은 말도 안 되는 삼행시는, 다음 모임은 없을 거라는 불안을 고조시킨다.

아니나 다를까. 다음 모임에 민영은 기다려도 나타나질 않는다. 어색한 시간을 메우려는 정희의 노력에 수산나가 일침을 놓는다. 시차에 대한 배려가 없는 둘을 상대로 터진 수산나의 불만에 억지로 지탱되던 모임의 끈은 마침내 끊어진다. 그러면 한국에 남은 정희와 민영, 이 두 사람만이라도 이전과 같은 우정을 지속할 수 있을까? 슬프게도 미국에 있든 한국에 있든 흐른 시간과 바뀐 상황만큼 사람도 달라졌다. 어디에도 영원한 것은 없다.

과연 나는 너에게 몇 점짜리 친구였을까?

직접 그림을 그려 전단지를 만들어도 봤지만 불경기 앞에서 정희의 아르바이트 자리는 속절없다. 정희에게 뒤돌아 달라고 한 뒤, 사장은 정희의 등에 대고 일을 그만두라고 말한다. 정말 할 것이 없어진 정희에게 서울 오빠 집에 혼자 있으니 놀러 오라는 민영의 말은 차라리 구원이다. 그러나 그곳에서 정희를 기다리고 있는 건 편입을 목표로 학점에 아등바등하는 민영의 모습이다.

민영은 현재 다니는 대학이 마음에 들지 않는 것 같다. 서울에 있는 대학으로 가겠다고 한다. 그러기 위해 학점을 잘 받아야 하는데, B와 C로 도배된 성적표는 민영의 앞날에 걸림돌이다. 민영은 정희를 놔둔 채 학점 정정 메일을 쓰느라 얼이 빠진 것 같다. 대학에 가지 않은 정희는 알 수 없다. 뭐가 얼마나 복잡한 건지, 편입은 꼭 해야 하는 건지, 교수한테 성적을 고쳐 달라고 하는 게 정당한 건지 감을 잡기 어렵다. 단지 가만히 있을 뿐이다. 자신은 대학에 다녀 본 적 없으니.

민영은 자신을 배려하는 정희를 오히려 쉽게 판단하고, 평가하고, 조언한다. "솔직히 현실적으로 생각해 보는 게 필요하지 않을까?"라고 충고하는 민영에게 “내가 왜 이런 기분 느껴야 하는지 잘 모르겠어”라며 받아치는 정희는 서운하다. ‘같이 약속 잡고’ 왔는데 민영은 나쁘게 나온 성적에만 관심이 있다. 도통 정희를 보려 하지 않는다. ‘영원히 이대로 살아가진 않을 거’라고 멋들어지게 삼행시를 지었던 민영은, 그 시의 내용처럼 어떻게든 남들이 보기에 더 나은, 더 좋은 조건을 찾아가려고 애쓴다. 그 앞에서 대학에 가지도 않고 고작 테니스장에서 아르바이트나 하는 정희는 현실을 모르는 친구가 될 뿐이다.

정희의 투덜거림에 두 사람은 아주 잠시 예전으로 돌아간 듯 함께 보드게임에 열중하지만, 정희가 샤워하고 있는 사이 기어이 민영은 쪽지 하나 달랑 남기고 학교로 가 버린다. 메일을 보내도 성적을 바꿔주지 않으려는 교수랑 담판 짓기 위해서다.

‘나’는 ‘너’고 ‘너’는 ‘나’일지 몰라

혼자 남아 민영의 방을 구경하던 정희는 민영의 일기장을 발견한다. 죄책감을 느끼면서도 소리 내어 기도를 하고 일기장을 열어 본다. 그 안에서 민영의 기억들, 각오, 고민, 잘 풀리지 않는 대학 생활에 대한 갈등, 서울에서 혼자 생활하는 것에 대한 느낌들이 펼쳐진다. 민영도 나름 힘들다. 치열하게 살고 있고 열심히 노력하는데 얻은 건 무력한 자신을 질책하는 마음뿐이다. 정희에게 현실적으로 살라고 ‘꼰대’처럼 말했던 건 어쩌면 민영이 스스로에게 하고 싶은 말이 아닐까 하는 생각마저 든다.

민영이 불가능할 거라고 했던 햇반 경단을 만들어 놓고 정희는 청주로 돌아간다. 그전에 '김민영의 성적표'를 만들어 놓고. 이때 흘러나오는 내레이션은 담담하다. 담담한 만큼 듣는 이의 가슴을 울리는 구석이 있다. 그건 정희가 매긴 성적이 꼭 김민영이라는 인간에 대한 평가만은 아니기 때문이다. 오히려 지금은 이해하기 어렵게 변한, 대학에 갔다고 정희 자신과는 다른 계급인 것처럼 구는, 예전의 단짝 친구를 이해하려는 정희의 노력이 담겨 있다. 그래서 영화의 카피인 '가끔은 미워하고 늘 좋아했던 김민영에게'라는 구절은 역설적으로 슬프게 다가온다.

영화 마지막 부분에 깊은 숲속에서 약초를 캐고 있던 여자가 발소리가 들리는 쪽으로 고개를 돌리니 의외로 정희가 아닌 민영의 얼굴이라는 건 상징하는 바가 크다. 정희와 민영은 다르지 않다. 둘은 안과 밖이다. '소리가 들리는 쪽에는 아무도 없다'는 건 민영이 곧 정희이자, 정희가 곧 민영이라는 의미가 된다. 서로는 서로를 통해 스무 살을 통과하는 중이다. 서운하고 마음 아프게 한 건 사실 친구 민영이 아니라, 이제 스무 살, 세상의 파고와 마주하기엔 아직 미숙한 자기 자신이었을지도 모른다. 그래서 그림 속 여자는 무언가를 찾는 표정을 하고 있다.

열아홉과 스무 살 사이

이 영화의 미덕은 일상에 대한 세밀하고 섬세한 관찰과 묘사에 있다. 영화가 시작될 때 세 인물이 입고 있는 옷은 그 좋은 예다. 상의는 교복인데 하의는 체육복이다. 어쩌면 그렇게 고등학교 학생들의 일상을 섬세하게 포착해 냈는지 감탄스럽다. 미술로 치면 하이퍼리얼리즘에 해당하려나. 누구나 공감할 수 있는 청춘의 일상 이야기를 아기자기한 스토리로 풀어내면서도 대사는 식상하지 않고 재기 발랄하다. 배우들의 연기는 눈앞에서 일상을 보는 듯 자연스럽다.

한편 정희가 영화 말미에 민영을 위해 남기는 메모는 이 영화가 달려간 지점이 어디인지를 알려 준다. 앞으로도 세 명은 서로 다른, 각자의 길을 갈 것이다. 영원히 "그때 우리 같았으면 좋겠어"라는 바람은 세월에 닳아질 것이다. 하지만 각자가 가진 꿈이, 현재의 상황이, 모순된 태도가 아무리 가볍게 보여도 무시할 수 없다. 딱히 누군가가 덜 절실하다고도 말할 수도 없다. 알 수 없는 불안, 막연한 두려움, 미래에 대한 그다지 희망적일 수만은 없는 기다림을 가진 열아홉과 2분의 1살이 가진 젊음은 그 자체로 존중되어야 한다. 열아홉과 스무 살 사이, 완전하지 못한 미묘한 우정은 그렇게 현재진행형이다.

상처받지 말아라, 받더라도 너무 많이 받지는 말아라

작년 수능 보던 날 일이다. 본부 요원으로 시험이 끝난 교실 뒷정리를 위해 들어갔다가 얼굴이 온통 눈물로 젖은 여학생을 발견했다. 젖은 귀밑머리가 뺨에 찰싹 들러붙어 있던 아이는 이미 한참을 그렇게 울고 있었던 것 같았다. 안쓰러운 마음에 어깨를 감싸 안자 갑자기 봇물 터지듯 소리 내어 엉엉 우는 바람에 한동안 생면부지의 여학생에게 내 어깨를 빌려줄 수밖에 없었다. 오로지 서로의 체온만으로 빈 교실의 냉기를 견디던 꽤 긴 시간.

영화에서 정희 엄마는 대학에 가지 않은 딸이 부끄러워 친구들에게 정희가 영어영문학과에 다닌다고 말하는데, 정희는 뒤늦은 엄마의 사과에 엉엉 소리 내어 운다. 문득 그때 그 시험장에서 울고 있던 아이가 떠올랐다. 그 아이는 대입이라는 거대한 수레바퀴 아래에서 어떻게 되었을까.

정희는 비록 대학에 가지 않았지만 '청주 흥덕구청 주최 자연사랑 그림대회'에 자신과 민영의 이름으로 두 개의 작품을 낸다. 그리고 출품한 그림 둘 다 수상을 하게 된다. 정희는 정희의 방식대로 스무 살을 맞는 중이다. 서울로 다시 돌아온 민영도 역시 무엇이 되었든 자신의 길을 찾아 나갈 것이다. 이 아이들 모두는 온몸으로 스무 살을 통과하는 중이다.

그러니 다들 상처받지 않기를, 받더라도 너무 많이 받지는 않기를.

이의진

고등학교 국어 교사. 오랫동안 고등학교 3학년 입시를 담당해 왔다. 햇살처럼 반짝 웃게 하는 사람들, 아득한 어둠 속에도 빛이 들 것을 희망하는 사람들이 곁에 있기에 웃는 날보다 우는 날이 더 많아도 살아가야 한다고 믿는다. 저서로 『오늘의 인생 날씨, 차차 맑음』과 『아마도 난 위로가 필요했나보다』가 있다. 서울신문에 '이의진의 교실 풍경'을 연재했으며, 현재는 동아일보에 '피플 in 뉴스'를 연재하고 있다.

Kim Min-young of the Report Card

안쓰럽고
사랑스러운
감정들에게

|

김주아

이 편지를 쓰는 지금, 무더운 여름을 지나 초가을로 접어드는 날씨에 약간은 설레기도, 긴장되기도 한다. 추워지기 시작한다는 것은 수험생에겐 수능이 얼마 남지 않았다는 신호이기도 하니까. 정희로 살았던 중학교 3학년이던 나는 어느새 고등학교 3학년이 되어 수험 생활을 하고 있다. 수험생이란 신분이 엄청나게 대단한 건 아니지만, 거대한 또 다른 시작을 향해서 묵묵히 이 시기의 이 경험을 소중히 생각하며 지내고 있다.

이렇게 이야기의 문을 여니 언젠간 꼭 말하고 싶었던 작은 에피소드를 이야기하지 않을 수 없다. 그것은 바로, 지금 내가 정희가 수능을 치러 갔던 학교의 같은 교실, 같은 책상에 앉아 생활하고 있다는 것이다. 영화에 수능 시험장으로 등장하는 고등학교가 바로 내가 다니는 창덕여자고등학교다. 정희가 노을 지는 하늘을 뒤로하고 자전거로 가로지르던 그 운동장을 나도 매일같이 걷고 있다는 사실이 문득 체감될 때면, 그보다 더 근사하고 낭만적일 수가 없다. 정희는 이렇게 나의 고등학교 삼 년에 조용히 스며들었다. 덕분에 나도 촬영을 마친 후에도 정희를, 〈성적표의 김민영〉을 쉽사리 잊을 수 없었던 것 같다. 〈성적표의 김민영〉을 촬영한 것, 유정희를 연기한 것, 잠시나마 정희로 살 수 있었고, 그 모든 순간을 차곡차곡 만들어 나가는 과정에 함께했던 촬영장 식구들로 가득 찼던 기억들이 떠올라 이 모든 우연들이 새삼 감사해지는 하루다.

관객분들께 정희가 어떤 아이로 느껴질지 궁금하다. 엉뚱하지만 단단한 아이? 진지하지만 어설퍼서 좀 안쓰러운 아이? 어쩌면 나와 비슷한 모습을 가진 아이일 수도 있겠다고 가만히 생각해 본다. 관객분들의 다양하고 자세한 생각이 궁금하지만, 지금만큼은 잠시 그 궁금함을 뒤로하고 정희를 연기한 내게 정희가 어떤 아이였는지 말해보려고 한다.

음, 우선 정희가 너무 부럽다. 어쩌면 현실과 동떨어진 듯한 생각과 행동이 부럽고, 민영이가 그러했던 것처럼 그 친구의 상상력 또한 부럽다. 처음이라 서툴러도, 좀 헤매어도 그 모습이 이토록 잔잔히 사랑스러울 수 있다는 것을 알려 준 정희에게 고맙기도 하다. 정희를 연기하며 '아, 이 생각들. 내가 최대한 티 내지 않으려고 애썼던 생각들인데' 하고 느껴지는 장면들이 참 많았다. 평소엔 창피하고 자존심 상하고 나만 속 좁아 보일까 봐 애써 하지 않으려 했던, 어쩌면 가장 솔직한 그 감정들을 정희는 자기만의 방식대로 간직도 했다가, 표현도 하는 아이였다.

여기서 말하게 되었는데, 바로 이런 부분이 정희를 연기하며 가장 표현하기 어려웠던 지점이었다. 지금 가장 먼저 떠오르는 장면은 정희가 테니스장에 취직한 후 아파트 계단에 앉아 뭔가 바쁜 민영이와 전화를 하는 장면이다. 전화가 잘 안 들리지만 계속 이야기를 하고 싶은 정희, 좋은 날이니만큼 오늘따라 삼행시클럽이 생각났다던 정희. 약간은 짠 내 나는 정희의 이 모습을 표현하는 건 어색했지만, 가만 생각해 보니 솔직히 이 감정들이 결코 내게 낯선 감정들은 아니었다. 그걸 인정하고 나서 그 장면을 연기하니 확실하신 우리 감독님들도 현장에서 마음에 들어 해 주셨다. 종종 재은 감독님이 영화에서 가장 좋아하는 장면 중 하나로 이 장면을 꼽아 주시는 걸 들을 때마다 그때의 감정들이 떠오르면서 내심 뿌듯한 마음이 든다.

사실, 이 장면 말고도 참 솔직해서 안쓰럽고, 그래서 사랑스러운 장면들이 참 많다. "이런 감정들이 얼마나 소중하고, 사랑스러운 감정인지 알아?" 하며 이야기해 주는 것 같은 그 장면들이 나에게 '위로'가 됐다면, 관객분들껜 어떤 의미로 다가갈지 정말 궁금하다. 어떤 감정에서든 문득 꺼내 보고 싶은 마음이 드는 영화, 그런 마음이 들면 언제든지 일기장 펼쳐 보듯 볼 수 있는 영화. 〈성적표의 김민영〉이 관객분들께 그런 영화가 되면 좋겠다.

김주아

독립영화의 꽉 차 있는 정적을 사랑하는 배우. 2016년 어린이 뮤지컬 '기차 할머니'로 연기 생활을 시작했다. 단편영화 〈선아의 방〉 〈변성기〉 〈모르는 사이〉 등에 출연했고, 안주영 감독의 장편영화 〈보희와 녹양〉에서 녹양을 연기했다. 2022년 드라마 〈지금 우리 학교는〉에 출연하여 보다 많은 대중에게 얼굴을 알렸다. 〈성적표의 김민영〉에서는 속 깊은 물음표 같은 아이, 정희 역을 맡았다.

Kim Min-young of the Report Card

가끔은 미워하고
늘 좋아했던
김민영으로부터

|

윤아정

"김민영, 이 나쁜 X." 시사회에 초대한 친구 중 한 명이 영화가 끝나자마자 나에게 보낸 장난스러운 카톡이다. 관객들의 후기를 찾아보다 보면 대부분이 이렇게 영화의 주인공인 정희에 몰입해서 민영을 바라본다. 아마도 정희의 시선을 따라가다 보니 각자의 민영이 떠올랐나 보다. 그런데 얼마 전 보게 된 어느 관객의 후기는 이 영화가 '공평해서 좋다'고 했다. 그 말이 계속 기억에 남았다. 관계에 있어서 누가 얼마큼 더 잘못했는지를 수치적으로 나타낼 수는 없지만, 적어도 우리가 멀어진 데에는 너도 나도 잘못이 있다고. 그래서 나는 민영을 해석하고 연기한 사람으로서 아무래도 조금 덜 설명된 민영을 대변하고, 더불어 나의 개인적인 이야기를 나눠 보려 한다.

처음 시나리오를 읽었을 때는 나조차도 민영을 보고 '아무리 그래도 이건 너무한 거 아냐?'라고 생각했다. 그러나 대본을 여러 번 들여다보고 자꾸만 민영을 연기하다 보니 조금씩 민영이 안쓰러워졌다. 나라도 그런 민영을 미워하지 말자고 생각했다. 그러다 어느 날 감독님들께서 어쩌면 이 영화는 "정희와 민영 둘 중에 누가 더 외로울까" 라는 질문을 던지는 영화이기도 하다고 하셨을 때, 갑자기 눈물이 날 것 같았다. 정희는 아르바이트에 합격해도 취업 축하 케이크를 만들어 주는 엄마가 있고, 잠시 제자리에 머물러 있어도 조급함을 느끼지 않고, 자신을 외롭게 한 친구에게 솔직한 감정을 털어놓을 용기도 있는데. 이런 생각을 하며 비로소 내가 민영에게 완전히 몰입했음을 깨달았다. 앞으로 나아가면서도 자꾸만 조급함을 느끼고, 너무 싫어하는 '한국인'의 모습을 사실은 다 가지고 있고, 자신을 외롭게 한 친구들에게서 차라리 도망쳐 버리기를 선택하는. 아, 나는 이미 정희를 부러워하고 나의 효용을, 쓸모를 따지고 있구나. 실제로 핸드폰 배경화면에 "조급해하지 마"라고 써 놓고 다니는 나와 민영은 닮은 구석이 참 많구나. 그래서 분명 민영이 너무한 것을 알면서도 괜히 관객분들이 민영의 사정도 조금이나마 알아주기를 바라곤 한다.

열여덟 고등학생이던 그때의 나에게 우정이란 당연히 평생 유지되는 영원성을 지닌 것이었다. 우리가 같은 공간에서 똑같은 교복을 입고 나눈 추억이 몇 개나 되는데, 적어도 삼 년간은 가족보다도 더 많은 시간을 함께하는데, 졸업 하나 했다고 뭐 얼마나 달라지겠느냐고. 하지만 내 오만함을 깨닫기까지 그리 오랜 시간이 필요하지 않았다. 스무 살이 되자마자 어떤 친구는 좋은 대학에 가지 못해서, 다른 친구는 새로운 대학 생활에 푹 빠져서, 또 다른 몇몇은 이유조차 모른 채 연락이 끊겼다. 정말 친한 단짝 친구와도 한 달에 한 번 보는 것조차 힘들어졌다. '다음에 만나면 얘기해 줘야지' 생각했다가 결국 잊어버린 일이 한둘이 아니다. 이렇게 스무 살이 되어서야 영화 속 상황을 완전히 이해하고 공감할 수 있게 되었다. 여러 영화제를 다니면서 계속 〈성적표의 김민영〉 이야기를 하다 보니 고등학교 친구들이 생각나 용기를 내 연락해 보기도 했다. 연락이 끊겼다는 건 나도 하지 않았다는 뜻이니까, 용기 있는 정희가 되어 보자는 생각이었다. 그래도 여전히 나는 누군가에겐 늘 자기 일로 바쁜 민영일 테니, 역시 우리 모두는 누군가의 정희이자 민영이겠구나 생각했다.

나는 우리 영화가 정답이 없어서 좋다. 민영을 한없이 배려하던 정희도 수산나에게 서운함을 주었고, 정희를 한없이 방치하던 민영도 옆집 여자에게는 누구보다 배려심 넘치는 이웃이었다. 관계의 지속을 위해서는 서로 노력해야 하지만, 교복을 입던 시절에 다른 무엇보다 우정이 세상의 전부였던 것처럼, 때로는 우정보다 중요한 것이 있을 수 있다. 더 나은 미래를 꿈꾸며 앞으로 바삐 나아가는 것도, 제자리에 머무르며 잠시 주위를 둘러보는 것도 모두 가치 있다. 눈앞의 현실을 받아들이고 그에 맞게 살아가는 것도, 때로는 세상을 뒤집어 상상해 보는 것도 모두 의미 있다. 그러니까 어쩔 수 없이 한국인인 우리 모두는 늘 가식과 형식에 둘러싸여 알 수 없는 불안과 두려움에 떨겠지만, 영원히 이대로 살아가도 된다고, 아무도 한심하다고, 덜 절실하다고 말할 수 없다고. 우리 영화가 그런 위로를 주는 영화로 남았으면 좋겠다.

윤아정

관객들의 모든 후기에 '좋아요'를 누르는 배우. 중학생 때는 고등학생이 되면 더 강해질 줄 알았고 고등학생 때는 스무 살이 되면 다 이뤄 낼 줄 알았다. 사실은 나이를 먹어 가며 그럴듯하게 숨기는 법을 터득했을 뿐이다. 첫 장편영화 〈성적표의 김민영〉에서 냉소적인 느낌표 같은 아이, 민영 역을 맡았다.

2022년 9월, 〈성적표의 김민영〉을 공동 연출한 이재은 감독과 임지선 감독이 만나 대담을 나누었다. 지금은 삭제되거나 수정된 설정, 단편영화를 장편화하는 과정에서의 비하인드, 두 감독의 개인적 경험과 일화까지, 못다 한 〈성적표의 김민영〉의 뒷이야기를 영화의 인물들을 소재로 하나하나 짚어 본다.

Kim Min-young of the Report Card

성적표의
뒷면

|
이재은 + 임지선

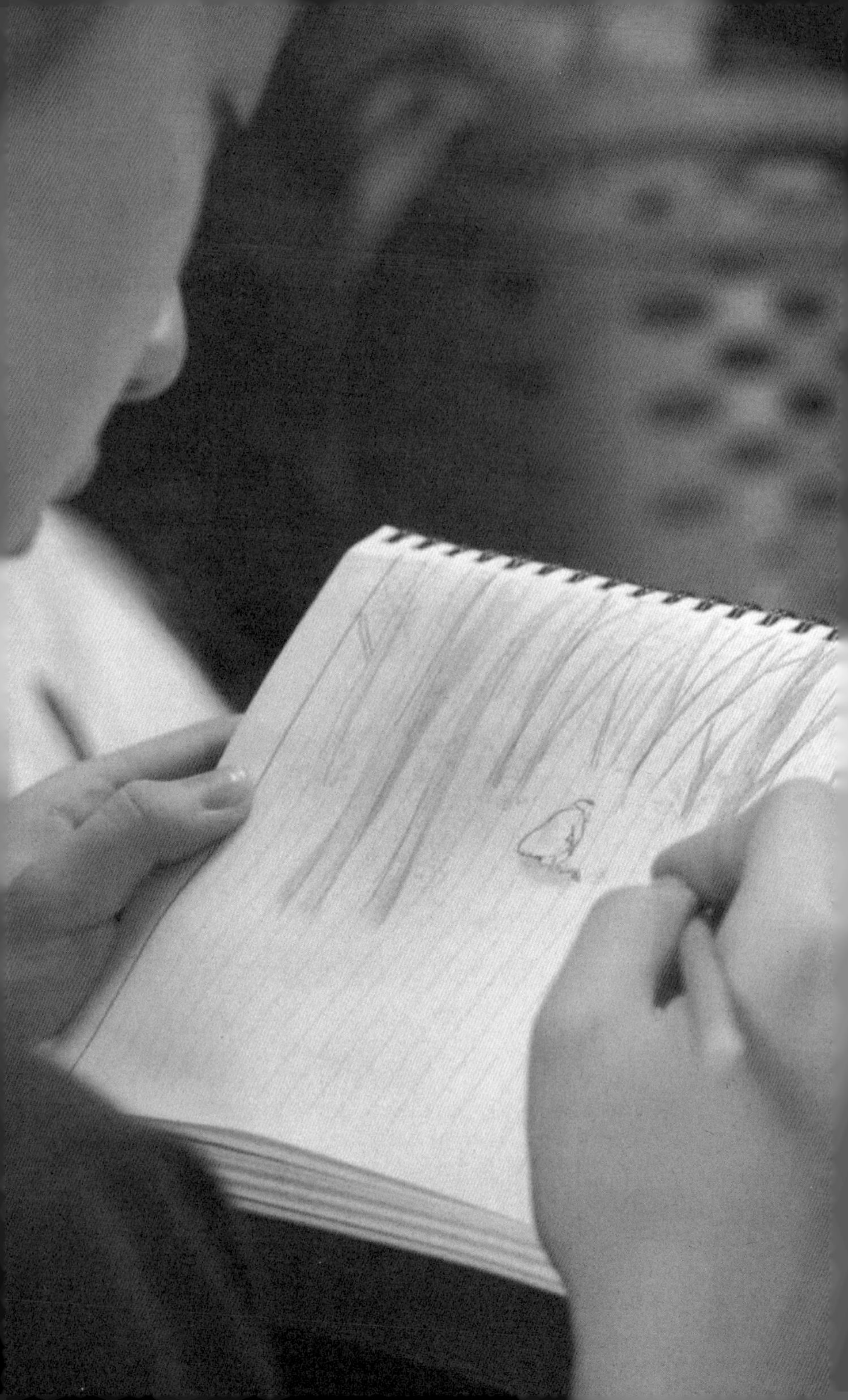

Part 1. 정희

주아 배우에게 보냈던 정희 캐릭터 설명 메일

정희에 대해 설명드리자면,

1. 정희는 진지한 생각을 많이 합니다.

'유정희'로 삼행시를 지을 때는 대학에 가지 않고 알바를 선택한 자신의 출근길이 쉽지 않을 거지만 어딘가에 희망이 있지 않을까, 하는 진지한 진심을 담담하게 나타냅니다. 민영이의 성적표를 쓸 때는 내가 얼마나 상처받았는지, 내가 얼마나 너를 좋아하는지, 내가 너에 대해서 어떤 생각을 하는지 등 민영이에 대한 자신의 마음을 표현하고 갑니다. 정희의 이런 진지한 마음들이 잘 전달이 되었으면 좋겠습니다.

2. 정희는 유순한 성격입니다.

그냥 아무것도 안 하고 있어도 평온한 느낌을 주는 인물입니다. 저희가 생각한 레퍼런스는 영화 <요노스케 이야기(横道世之介)>의 요노스케인데, 조금 다르긴 하지만, 인물이 주는 분위기가 요노스케처럼 평온한 느낌이 났으면 좋겠습니다.

3. 외로워 보였으면 좋겠습니다.

하지만 외로워서 우울한 것은 전혀 아닙니다. 우울한 게 아니라 '외로움'이라는 감정을 받아들이고 살아가는 느낌이랄까요. 평온하고 정적이지만 외로운 느낌이요. 알바를 하며, 항상 혼자 많은 시간을 보내며 테니스장 뒷산 등에서 숲을 바라보며, 저 숲에 들어가서 살면 그냥 잊힐까? 아니면 적어도 한두 명쯤은 (민영을 생각하고 있을 가능성이 가장 크겠죠?) 어느 날엔가 '아 맞다. 정희는 어떻게 살고 있지?' 해서 물어물어 나를 찾아와 줄 사람이 있을까? 이런 유의 생각을 평소에 하는 친구입니다. 대학에 가지 않고, 아저씨와 아줌마 분들만 있는 테니스장에 취직해서 또래 친구들을 거의 사귀지 못하며 생활하는 정희의 삶에 민영은 굉장히 큰 부분일 것입니다.

알바에서 잘린 뒤 민영에게 전화가 와서 갑자기 서울로 놀러 오라 했을 때도, 본인에게 안 좋은 일이 있었음에도 민영에게 전화가 왔다는 사실에 일단 기분이 좋아졌고, 오라고 말하자 3초도 생각하지 않고 바로 "그래"라고 말합니다. (정희는 항상 "야 일본 여행 갈래?", "야 춘천 갈래?" 물어보면 1초도 안 걸려서 바로 "그래"라고 말하는 성격이라고 생각했습니다.) 하지만 그게 또 발랄한 느낌이 아니라, 그런 기대감과, 좋아하는 마음 등을 어느 정도는 항상 숨기고 침착한 척 얘기합니다. 정희는 그렇게 항상 누군가의 전화를 기다리는 인물입니다.

4. 소심하지만 그래도 자신의 선택에 강단이 있는 편입니다.

민영이 정희가 틀렸다는 식으로 말했을 때도, 돈이 있으면 학원에 다니는 게 낫고 '늙어서 대학에 가도 밥 혼자 먹는 거 빼곤 괜찮다'는 식의 말을 했을 때도, 자기 자신을 믿으니까 크게 동요되지 않고 오히려 민영의 기분이 상하지 않게 "그런가" 하고 말할 수 있는 인물입니다.

앞에서 말한 "그런가?"처럼 그런 얘기를 할 때 신경질적으로 답하거나 짜증을 내는 게 아닌, 담담하게, 최대한 상대방의 기분이 안 나쁘게 드러냈으면 합니다. 복잡한데, 정리하자면 정희는 어느 정도 강단이 있고 단단하지만, 때때로 (예를 들어 그날 밤에 혼자 남겨져 민영 오빠의 과 잠바, 전공 서적들을 보며 '다른 선택을 했다면 어떨까?' 정도의) 흔들림이 있는 인물입니다.

5. 정이 많고 따뜻합니다.

테니스장 사장님에게도, 또 정일에게도, 민영에게도 정희는 다 정이 많습니다. 소심한 면이 있고 적극적이지는 않아 친구는 별로 없지만, 많은 사람을 사귀기보단 자기가 좋아하고 가까운 몇몇 사람들과의 관계에서 오는 든든함과 편안함을 좋아합니다. 남들을 많이 생각하고 오히려 주는 것이 더 마음이 편한 인물입니다. 그래서 누가 시키지 않아도 전단지 등도 만들어 보고, 관리실에 있으면 외롭다는 정일이의 말에 관리실을 크리스마스 장식으로 꾸며 줍니다.

6. 엉뚱한 상상력이 있습니다.

- "테니스의 왕자를 찾으러 왔습니다."
- "사장님이랑 많이 닮았다."
- 민영의 메일을 대신 써 주며, '저는 지금 해외여행 중입니다.'
- 떡볶이를 시킬 때 간, 허파처럼 심장도 같이 주는 줄 알고, "심장 있어요?"

하는 등, 조금은 철이 없어 보이기도 하지만 다소 엉뚱한 상상력을 갖고 있는 친구입니다.

이해 안 가는 부분은 내일 만나서 얘기해용! 읽어 주셔서 감사합니다~!

지선 일단 시간 순으로 진행을 해 볼까? 시작을 안 물어볼 수가 없는데, 이 이야기는 2017년도에 네가 단편으로 썼었고, 나한테 공동 연출을 제안했잖아. 그래서 그해 가을쯤부터 같이 오랫동안 시나리오를 발전시켰는데, 둘 다 학업 때문에 바쁘다 보니 시간 될 때마다 간헐적으로 만나 작업했던 기억이 있어. 정확히 언제 이 이야기를 구상하게 됐고, 어떻게 쓰게 됐는지를 먼저 자유롭게 말해 주면 좋을 것 같아.

재은 사실 솔직히 말해서 너무 오래돼서 정확하게 어떤 사건을 계기로 쓰게 됐는지 정확하게 기억은 잘 안 나. 그냥 나는 거의 항상 정희와 비슷한 사람이었으니까. 사람을 좋아하고 친구가 차지하는 비중이 매우 커서 친구 관계에서 '서운함'을 느끼는 경우가 그만큼 많았던 것 같아. 그래서 시나리오를 쓸 때, 이런 '서운함'과 '외로움'이라는 정서가 자연스럽게 나왔고. 이런 일들이 매우 많았어서 (웃음) GV나 인터뷰에서 계기 이야기를 할 때 일관성 없게 그때마다 조금씩 다른 이야기를 했던 것 같기도 해.
어쨌든 그런 다수의 경험을 겪다 보니, 한번은 그런 생각도 드는 거야. '서운함'이란 결국엔 내가 그 친구를 좋아하는 마음의 크기일 수도 있겠다는 생각? 새삼 소중한 감정이라는 생각이 들어서 '서운함'에 대한 영화를 만들고 싶었어. 물론 상처받지 않기 위해 한 아름다운 해석일 수도 있겠지만. (웃음) 그리고 나는 주로 서운함을 느끼면 남몰래 멀어져 가거나, 혹은 상대방이 나를 좋아하는 만큼만 나도 좋아함을 표현하려고 노력했던 것 같아. 그래서, 영화에서만은 나와는 달리 서운함을, 즉 좋아하는 마음을 온전히 다 전달하고 돌아가는 주인공의 용기를 보고 싶었던 것 같아. 정희가 굉장히 멋있다고 생각해.

지선 처음에 정희와 민영이는 스무 살이 아니었잖아.

재은 그치. 말할 때마다 민망하지만, 처음 단편 버전의 정희와 민영은 스물셋, 스물넷 정도의 대학생이었지. 우리 둘이 공동 연출을 하기로 한 후에도 꽤 오랫동안 유지됐던 설정이었던 것 같아. 혹시 스무 살로 바꾸게 됐을 때 기억나? 나는 생각보다 큰 위화감을 못 느꼈던 게, 인물의 나이는 더 많지만, 그 감정은 똑같다고 생각했어.
내 이야기를 하자면, 나는 서울이 고향이고 대학을 대전으로 갔는데, 성격이 낯도 심하게 가리고 극내성형이라 꽤 오랫동안 대학에 적응하지 못했던 것 같아. 다행히 대전이라는 공간 자체는 정말 좋아했지만, 대부분 심심하고 외로웠던 것 같아. 마치 나한테는 이 시기의 대학이 정희의 테니스장 같았달까. 그래서 대학에 간 후에도 나한테는 꽤 오랫동안 고등학교 친구들이 전부였어. 여전히 고등학교 때와 똑같은 비중을 차지했었던 것 같아. 근데 당연히 나와는 달리 친구들은 새로운 사람들을 많이 만나고, 대학 생활의 즐거움에 익숙해져 있었고, 나와는 너무 화두가 달라졌던 것 같아. (친구들은) 주로 대학 생활에 대해 말하고 싶었고, 나는 주로 얼마나 외로운지에 대해 말하고 싶었던 것 같아.
그리고 심지어 나는 지방에 있었기 때문에 친구를 만나려면 주말마다 버스를 타고 왔다 갔다 했어야 했어. 짐을 싸고 버스를 타고 가는 두 시간 반, 세 시간이라는 시간 동안 설렘을 안고 올라갔던 길이, 돌아올 때는 서운함과 외로움으로 가득한 날들이 종종 있었던 것 같아. 친구들은 변화 없는 이전과 같은 날의 하나의 만남이었겠지만, 나는 거리만큼이나 보이지 않는 시간과 노력을, 더 많은 마음을 들였다고 생각했었고, 친구들이 그만큼 나와의 만남을 소중히 여기는 것 같지 않으면 서운함을 느꼈던 것 같아. 어떻게 보면 조금 계산적이었던 것 같기도 하고. 그리고 또 어떻게 보면 버스를 탄 게 잘못이었던 것 같아. 돌아가는 밤 버스 밖으로 보이는 주황색 가로등의 감성에, 혼자서 서운함을, 외로움을 마구마구 증폭시켰던 것 같아.
말이 조금 길어졌지만, 그래서 단편 버전 속의 스물세 살 대학생 정희는, 어쩌면 지금의 대학에 가지 않은 스무 살 정희와 같은 사람일 수도 있을 것 같아. 비록 겉모습은 다르지만, 마음은 똑같으니까.

지선 영화 후기 중에 "정희의 얼굴이 잘 기억이 안 난다"라는 얘기가 좀 인상 깊었어. 정희는 말수도 없는 편이고, 매사에 평온하고, 또 수능 신에서 할머니 수험생을 보는 정희 얼굴을 보면 관찰자 같은 느낌이 들기도 하고. 이런 정희의 특징들이 모여서 그렇게 느끼게 하나 싶은데, 정희의 얼굴이 어땠는지 기억이 안 난다는 이 말에 대해서 어떻게 생각하는지 궁금해.

재은 정희 얼굴이 잘 그려지지 않는 건, 다른 이유들도 있겠지만, 어쩌면 정희의 클로즈업 샷이 정말 없어서 그럴 수도 있을 것 같아. (웃음) 민영이는 가끔씩이라도 나오는데, 정희는 정말 없어. 캐릭터 특징상 클로즈업이 들어가게 되면 덜 담백해지는 게 아쉬워서 찍어 놓고도 많이 뺐던 기억이 나.

지선 그러면 더 나아가서, 초고에서의 정희는 네가 많이 투영이 됐잖아. 자기 얘기도 더 많이 하고, 사소한 에피소드라도 나누길 좋아하는 그런 현실적인 인물이었던 걸로 기억해. 그런데 여러 고를 거쳐 가면서 지금처럼 화도 바로 안 내고 참아 준다든지 하는, 상처를 받아도 회복이 빠르고, 말수도 적은 캐릭터로 변화했는데, 이 과정에 대해 말해 준다면?

재은 아무래도 원래 단편에서의 정희가 나와 비슷했다면, 같이 시나리오를 수정하면서 점점 우리가 닮고 싶었던 이상적인 면들을 넣었던 거 같아. 나는 개인적으로 내가 말을 와다다다 많이 하는 편이기 때문에 정희처럼 들뜨지 않는 모습이 부럽거든. 그래서 그런 면들을 넣는 작업들이 있었던 것 같아. 그리고 이 과정에서 다른 영화를 많이 봤잖아. 일본 영화 중에 〈요노스케 이야기〉나 〈괜찮아, 정말 괜찮아(全然大丈夫)〉 생각도 나고, 당연히 〈고양이를 부탁해〉도 있었고. 그런 캐릭터들이 곧 이야기였던 영화들에서 영향을 많이 받았던 것 같아. 이렇게 매력적이고, 사랑스럽고, 닮고 싶은 캐릭터들을 만들고 싶다는 강한 동기 부여가 됐지. 그래서 그런 캐릭터들의 특성을 분석해 봤던 기억도 나. 이타적이기만 한 것도 아니면서도, 주인공이 타인을 바라보고 있는 시선만 봐도 따뜻함이 느껴지잖아. 그래서 그런 면들을 하나하나씩 수정해 나가다 보니까 지금의 정희가 나오지 않았나 싶어.

지선 정희는 진짜 어떤 사람일까 골똘히 생각을 해 보다가 〈행복한 라짜로(Happy as Lazzaro)〉 봤어? 거기에 '라짜로' 같은 사람이라는 생각도 해 봤어. 라짜로는 사실 사람이 아니고, 약간 신처럼 묘사가 되는데, 말수도 많지 않고, 정희처럼 순수하고, 되게 맑은 눈으로 사람들을 관찰해. 근데 신기한 건, 타락한 사람일수록 라짜로를 막 대해. (웃음) 그 가치를 오히려 더 싫어하고. 여하튼 정희가 그런 라짜로랑 비슷한 면이 있다 느꼈어. 정희가 테니스장에서 잘리지 않고 계속 일했다면 어쩌면 '테니스장의 정령'이 됐을 수도 있겠다 싶고. 이런 특성도, 아까 말한 이상적인 모습이 많이 투영되다 보니까 자연스럽게 나오지 않았나 싶어.
방금까지 얘기한 걸 종합해 보면, 정희는 '투명한 거울' 같기도 해. 맑은 물에 얼굴이 비치는 것처럼, 민영이가 정희에게 성적표를 받을 때 자신의 현재 상태가 비쳐 보였던 거지. 어쩌면 민영이는 자기를 이렇게 맑은 눈동자로 바라보는 정희의 시선이 부담이 됐을 수도 있겠다? 자기 자신이 비치니까.

재은 엄청 멋있는 말이네.

지선 정희는 누굴까 하는 생각이 극으로 가다가. (웃음) 그렇다고 너무 거울로만 있다는 말은 아니고. 정희가 가진 많은 특성 중의 하나라고 생각했어. 어쨌든 정희는 사람을 있는 그대로 봐 주고 싶어 하는 사람이고, 본인도 그렇게 봐 주길 원하는 사람인 것 같아서. 그래서 정희의 얼굴을 기억 못 하시나? 하고 생각도 해 봤어.

재은 좋은 해석인 것 같아.

지선 그리고 얘기해 보고 싶었던 게, 이 세상의 정희는 민영이 같은 친구한테 끌리는 건지? 너의 경우엔 어때?

재은 나는 정희의 입장인데, 그래도 정희들과 더 친했던 거 같아. 민영이랑도 친구가 될 순 있지만, 내가 더 깊이 좋아하는 친구들은 다 정희였던 것 같아.

지선 주로 내가 들었던 너의 친구 얘기는 다 민영이 같은 친구였던 것 같아서.

재은 아무래도 정희는 내 얘기를 하면 되지만, 민영이는 다른 사람에 대한 이야기를 할 수밖에 없어서 많은 민영이들에 대한 에피소드들을 늘어놨던 기억이 나. 특히나 영화의 첫 대사 "이건 백 프로 흑역사 생성이다"도 고등학생 때 친했었던 친구가 실제로 고등학교 졸업식 때 했던 대사를 잊지 못하고 거의 오륙 년간 간직하다가 그대로 쓴 거거든. 그때 같이 사진도 찍고 졸업식을 잘 마쳤다 생각했는데 갑자기 그런 말을 해서 당황스럽고, "뭐지?" 했던 기억이 나. 신기하기도 하고. 내가 흑역사였던 건가 싶기도 하고.
사실, 나는 민영이들에게 상처도 많이 받지만 영감도 많이 받는 것 같아. 깨달음을 얻는다 해야 되나? 한 번도 생각해 보지 않은 것들에 대해서 생각하게 되고, 인간에 대해서 좀 더 탐구하게 되는 것 같아.(웃음) 그렇다 하더라도 민영이로만 구성된 친구들과 자주 보는 관계는 자신 없어. 그러니까 여기서도 고등학교 때 민영이는 사실 어느 정도는 정희의 면이 있다고 생각하거든. 그 정도만 되어도 괜찮아. 그리고 오히려 가끔씩은 그런 민영이들 중에는 자기에게 정희의 모습이 없기에 조금 더 나를 알아봐 준다는 생각이 드는 민영이들도 있어. 그런 민영이들과는 충분히 잘 지낼 수 있는 것 같아. 다만 그래도 나는 정희가 더 좋고 편안한 것 같아.

지선 누구에게나 정희와 민영의 모습이 조금씩 있다 생각하고, 이렇게 이분법적으로 접근하는 건 좋지 않다고 생각하면서 내가 먼저 정희, 민영이를 나눠서 질문했다는 게 웃기네. (웃음)
영화를 보면서, 나는 정희가 성숙한 동시에 미숙한 면도 있다고 느꼈는데, 두 모습 다 정희를 정희답게 만들어 줘서 좋았어. 성숙하다 느낀 지점은 나한테 없는 부분, 불확실성을 조금은 당연하게 받아들이는 점이 어른스럽다고 느끼는 것 같고, 동시에 미성숙하다 느낀 점은 조금 변화에 서툴다는 점? '불확실성'이랑 '변화'가 어떻게 보면 비슷한 것 같기도 하면서 다른 표현인데, 그러니까 우리가 정희의 '고집'이라고도 표현한 적이 있었던 것 같아. 이 부분에 대해서도 얘기해 보면 좋을 것 같고, 그리고 삼행시클럽도 어떻게 보면, 고등학교를 졸업한 이후에 이 클럽이 유지가 되는 게 당연하지 않다고 느껴지는 부분도 있었어. 민영이와 수산나가 노력했구나 하는 느낌? 정희는 언제까지 이 클럽을 유지하고 싶어 하는 걸까? 혹시 생각해 본 적 있어?

재은 와 진짜 민영이잖아! 정희가 서운해하는 소리가 여기까지 들린다. (웃음) 정희로서 대답하면, 정희에게는 아직 변화할 '계기'가 없는데 변화하라고 하는 게, 왜 너는 변화하지 않느냐고 강요하는 게 너무 잔인한 것 같기도 해.

지선 그러네. '계기'가 없다는 말이 맞는 것 같아.

재은 왜냐면 나도 그런 계기가 없었거든. 대학에 갔으면서도 그건 정말 계기가 안 됐거든.

지선 근데 진짜 본인만의 계기가 없다는 점이 유효한 표현인 것 같아. 겉으로 봤을 때는 계기가 정말 많은데.

재은 맞아. 테니스장에 취직했다는 것만으로 정희한테 그런 계기가 될 수는 없다고 생각하거든. 겉으로 봤을 때는 취직을 했으니까 당연히 충분한 계기가 있어 보이지만, '마음적으로 변화할 수 있는 계기'가 없었을 것 같아. 오히려 고등학생 때보다 더 외로워졌다면 외로워졌으니까. 삼행시클럽을 계속 유지하는 것도 마찬가지이고. 정희도 그런 마음의 계기들이 생긴다면, 자연스럽게 조금은 변화할 거라고 생각해.
근데 그거랑 별개로 난 이 모임이 유치하기보다는, 오히려 이 나이대에 비해 너무 어른스러운 취미가 아닌가 싶기도 해. '삼행시'라는 장난스러운 명칭 때문이지, 그 안에 있는 문학에 대한 고민들은 진심이니까.

지선 일본 영화 〈마을에 부는 산들바람(天然コケッコー)〉을 보면서 정희 캐릭터를 만드는 데 좋은 영향을 받았던 기억이 있어. 착해 보이는 주인공이 본의 아니게 친구한테 실수하고, 상처를 줄 때도 있고 하는, 이런 인간적인 모습들에서 매력을 느꼈던 것 같아. 우리도 정희를 마냥 따뜻한 인물로 그리려 하지 않고 조금이라도 다면적인 사람으로 그리고 싶어 했고. 정희의 이기적인 모습, 현실적으로 생각하는 모습, 그리

고 우리가 전에 말했던 정희의 '자격지심'. 이런 부분이 가끔씩 보이는 게 이 친구를 더 인간적이라고 느끼게 하는 것 같아.

재은 수산나와의 사건이 먼저 생각나는데. 나는 그 장면이 정희가 수산나를 배려해 주지 않은 것도 있겠지만, 그런 와중에 민영이를 챙기고 궁금해하는 모습들도 수산나가 상처받은 포인트일 수도 있겠다 생각했던 것 같아. 그래서 친구 관계에서 그냥 누군가를 애정한다는 것 자체도 어떨 때는 누군가에게는 상처가 될 수도 있겠구나 하는 생각이 들고. 특히나 세 명의 관계이다 보니까 말이야.

지선 맞아. 아무리 잘하려고 노력해도 본의 아니게 상처를 주는 순간이 있고, 그런 일들이 반복되면 답답하기도 하고.

재은 나도 진짜 그럴 때가 많은데 내가 더 무섭고 더 슬픈 건, 나는 또 그러지 않을 자신이 하나도 없다는 거야. 정희도 그랬을 수 있을 것 같아. 그래서 수산나와 멀어지고 난 다음 날 정희가 출근해서 테니스장 뒷산을 보면서 숲에 들어가는 외로운 상상을 하잖아. 거기서 난 정희가 그런 생각도 했을 거라고 생각했어. '아, 나는 누군가에게 이렇게 안 좋은 감정을 느끼게 하는 사람이고, 상처를 주는 사람인데, 숲속에 있는 나를 찾으려면 많은 시간과 노력을 투자해야 하는데, 그렇게까지 해서 나를 찾아올 사람이 있을까?' 하는, 조금은 자조적인 감정이 섞여 있었다고 생각해.

지선 떡볶이집 장면에서, "때를 기다리고 있어요"라는 대사에 대해서도 얘기하면 좋을 것 같아.

재은 그 장면도 우리가 되게 중요하게 생각했던 게, 꼭 거기에 대학생으로 보이는 학생들이 앉아 있어야 된다였잖아. 정희가 가족이나 친구 외에 전혀 알지 못하는 사람 앞에서 본인의 선택에 대해 얼마나 단단할 수 있는지가 궁금했던 거 같아. 아무래도 민영이랑 부모님은 정희를 어느 정도는 알고 있으니까, 나에 대해서 아무것도 모르고 내가 어떤 가치가 있는 사람인지 알지 못하는 상태에서 그냥 단순히 겉으로 보이는 것만으로 평가받는 장면을 그려 보고 싶었어. (갑자기 웃음) 뭐 사실 떡볶이 사는 장면에 대한 해석으로 너무 거창해 보일 수 있지만.

지선 거창한 장면이 맞아. 우리 영화의 키 장면이기도 하니까!

재은 그래서 그 장면에서 정희의 반응이 궁금했어. 아주머니는 정말 아무 생각 없이 물어본 건데, 정희는 혼자서 여러 가지 생각을 하고 "때를 기다리고 있어요"라고 조금은 비장하게 대답하잖아. 그 대사는 정희가 자신의 선택에 대해 확신이 있는 사람이기보다는, 확신을 가지고 싶은, 더 당당해지고 싶은 사람이라는 해석에서 나왔던 것 같아. 사실 그 장면을 한 단어로 표현하면 '자격지심'일 수도 있을 것 같아. 정희식의 자격지심. 그런데 이 표현이 입에서 잘 나오지 않는 건, 이 단어를 정희에게 쓰고 싶지 않은 마음이 커서인 거 같아. 어울리지 않기도 하고. 조금 더 따뜻하고 사려 깊은 단어를 써 주고 싶어. 그래서 단단해 보이는 정희가 '내면에 가지고 있을 약간의 불안감', '확신을 가지고 싶은 마음' 정도로 표현할 수 있을 것 같아. GV 자리에서 많은 질문을 받았을 때도 한 번도 자격지심이란 단어를 쓴 적은 없었던 것 같아.

지선 정희를 판단하고 싶지 않은 거지.

재은 응.

지선 마지막 질문이야. 나는 여태까지 성적표에서의 핵심은 '한국인의 삶'이라고 생각을 했는데 어제 다시 생각하면서, 그리고 우리는 진짜 영화를 한 100번은 봤잖아. 그 100번을 보면서 다시 이 부분을 생각했을 때, 성적표의 "마음과 행동 A: 내가 이상한 이야기를 해도 '아, 그렇구나' 하고 이야기를 들어 줌. 밖이 아니라 안에서 나를 봐 주고 있다는 느낌. 괜찮은 사람이구나 싶을 때가 있어." 이 항목이 더 핵심이라는 생각이 들었어. 이게 영화를 통해 주고 싶은 메시지라는 생각도 들고. '있는 그대로 봐 주는 시선'. 어쩌면 이게 인간관계에서 가장 필요한 게 아닐까. 다른 말로는 '신뢰', 다른 말로 '용서'인 것 같기도 한데. 있는 그대로 상대를 본다면 사람 사이에 정말 많은 문제가 해결되는 것 같아.
정희도, 자신이 어떠한 꿈을 꾸거나, 심지어 꿈을 정하지 못한 상태에서 특정한 판단이 아닌, '아, 그런 상태구나' 하고 그대로 봐 주는 사람이 필요했지 않을까 싶어. 본인도 다른 사람을 그렇게 보고 싶어 하고. 그 하루 동안 민영이한테 한 번이라도 저 말을 듣고 싶지 않았을까. 본인도 '유정희의 성적표'를 받고 싶지 않았을까. 사회에 나가면 모든 게 평가, 판단투성이인데, 어렸을 때 생활기록부에는 서술형 평가라도 있었지만 대학 성적에는 알파벳만 있고, 취업에서는 합·불만 있고, 그나마 이유를 알려 주는 곳이 감동이고 감사한 곳이 되잖아. 그런 면에서 정희는 스무 살 이전의, 쉽게 판단받지 않던 그 시절을 그리워한 거일 수도 있겠다 생각해 봤어.

재은 개인적으로 나도 그렇게 생각해. 너무 좋아하고, 곱씹을수록 감동적인 대사야. 실제 그 대사를 쓸 때도 내가 정말 좋아하고 소중하게 생각하는 친구를 떠올리며 썼던 기억이 있기도 하고. '한국인의 삶'도 중요한 내용이지만, 과목명 자체가 주는 독특함이 강해서 더 주목되고, 많이 질문해 주시는 반면에, '마음과 행동' 부분은 사실 사람들도 대부분 다 쉽게 공감하고 이해하는 장면이기에 오히려 질문이 없었던 것 같기도 해.

지선 맞아. 그냥 끄덕이게 되는 부분인데 이게 진짜 중요한 부분인 것 같아. 오히려 너무 당연하거나 혹은 이상적이어서 깊게 생각을 못 한 부분일 수도 있고.

Part 2. 민영

아정 배우에게 보냈던 민영 캐릭터 설명 메일

민영에 대해 설명드리자면,

- 겉으로 보기에는 별생각이 없고, 진중하지 않다고 느껴질 수 있지만, 속으론 진지한 고민과 생각을 많이 하는 친구입니다. 다만 그런 것들이 왠지 부끄러워 드러내지 않을 뿐입니다. 드러낼 때도, 할아버지와 대구대 동기들에 대해 얘기하는 것처럼 과장되게, 웃기게 말하며 감정을 숨기는 편입니다. 자신의 꿈인 아이돌도 실제로 말하지 못하고 혼자만 간직한 것처럼요.

- 오프닝 신에서 삼행시를 읽을 때만큼은 민영이 정말 진지하고 깊은 생각을 하는 친구구나 하는 느낌이 들었으면 좋겠습니다. 마치 민영의 일기장을 미리 본 느낌이랄까요? 자신에 대해 조금은 냉소적으로 바라본 느낌. 윤동주의 시를 읽는다는 느낌으로 진지하고 또 냉소적인 느낌으로 읽어 주시면 좋을 것 같아요.

- 민영이 재미나게 말을 할 줄 아는 캐릭터였으면 좋겠습니다. 할아버지나 대구대 얘기를 할 때도 스토리텔러로서의 면모가 보였으면 합니다. 같은 이야기를 해도, 살을 붙이고 한 번에 모든 정보를 말하지 않고 일화를 말하며, 듣는 사람을 궁금하게 만들며 재밌게 말을 하는 사람들이 있잖아요? 민영은 그런 느낌으로 이해해 주시면 좋을 것 같아요. 그래서 이런 부분들이 훨씬 더 살았으면 좋겠습니다.

- 민영은 자기 자신에 대해 냉소적인 측면이 있고, 대학에 가 어떠한 상처들을 받고 조금은 마음을 닫은 상태입니다. 차갑기도 하고, 상처를 받았을 때 오히려 '나는 아무렇지 않아' 하는 느낌의 사람입니다. 자존감도 조금 낮은 편이고요. 예로, 일기장을 보면 대학 동기들과 간 청주 여행에 관한 글이 있는데, 그날 친구들이 자기를 피하는 듯한 느낌을 받고, 분명 굉장히 상처를 받았음에도 '별일은 없었다'라고 말하는 것은 이 친구가 가진 상처에 대해 조금은 생각하게 되는 장면이라고 생각합니다. 일기장에서조차 솔직하게 자신의 감정을 표현하지 못하는 인물이요.

재은 처음에 내가 공동 연출을 제안했을 때의 이야기를 하면 좋을 것 같아. 처음 시나리오를 받았을 때 어떤 느낌이었고, 어떻게 발전시키면 좋겠다고 생각했어?

지선 먼저 질문할 게 있는데, 내가 민영이와 비슷한 경험을 갖고 있을 거라고는 생각 못 하고, 제안한 거지?

재은 당연히 못 했지. 애초에 처음 이야기에서는 민영한테 큰 비중이 있지도 않았던 것 같아.

지선 초고의 엔딩도, 민영의 집에서 나온 정희가 자기가 만든 경단을 먹으면서 걸어가는 거였잖아.

재은 맞지. 철저하게 정희 입장에서 썼던 것 같아.

지선 사실 처음에 읽고 좀 놀랐었어. 시나리오 속 내용과 비슷한 기억이 떠올라서. 나이대는 좀 다르지만, 내가 중학교 2학년 때 고향인 서산에서 지내다 대전으로 유학을 간 적이 있었는데, 그때까지 정말 친하게 지내던 친구가 한 명 있었어.

재은 정희 같은 친구였어?

지선 정희 같은 친구였어. 엉뚱한 면도 있고, 정희처럼 그림을 그리던 친구. 항상 만화 같은 걸 그렸는데, 심지어 자기가 좋아하는 사람한테 고백할 때도 만화로 마음을 전하는 친구였단 말이지.

재은 그 친구는 아직도 만화를 그리고 있을까?

지선 대학 때 전공은 완전히 다른 거였는데. 여하튼, 내가 중학교 1학년 때 같이 다니던 무리에서 하루아침에 소외된 경험을 한 적이 있었어. 그때 참 많이 힘들어했고, 그 친구한테 많이 의지했던 것 같아. 그러다가 2학년이 되고 이제 막 새로운 친구들을 사귀고 있을 때, 언니들이 대전에 있는 외할머니댁으로 때가 되면 유학을 갔었는데 나도 자연스럽게 대전으로 가게 된 거야. 잘 지내던 와중에 갑자기 전학을 가니까 심적으로 많이 힘들었던 것 같아. 새 학교에 적응할 수 있을지 걱정도 많았고. 역시나 적응을 잘 못했고, 거의 투명인간처럼 다녔어. 많이 암울했던 시기? 외롭다는 감정은 사치라고 느껴질 정도로 우울했던 시기. 정말 지금은 상상도 못하는데 그때는 정신이 어떻게 됐는지 일부러 잔인한 고어 영화도 찾아보고 그랬어. 그 정도로 멘탈이 힘들었던 와중에 그 친구가 나를 보러 대전으로 와 준 적이 있어.

재은 들으면서 드는 생각이, 이게 진짜 물리적인 거리가 크게 작용하는 것 같아. 전학을 안 갔으면, 이 친구가 부담스러워도 계속 보면서 미운 정도 들고 하면서 관계가 괜찮아지는데, 확실히 거리가 떨어진다는 게 큰 영향인 것 같아. 나도 그랬고.

지선 맞아. 그날 그 친구가 서프라이즈로 정확한 약속 없이 대전으로 고속버스를 타고 올라왔는데 내가 되게 당황해했고, 친구를 제대로 케어하지 못하고 돌려보냈던 기억이 있어. 심지어 그날 일정이 있던 것도 아니고, 학원을 다니고 있지도 않았는데. 고마워해도 모자랄 판에 내 상태에만 빠져서 그 친구의 마음을 부담으로만 느꼈어. 왜 그랬을까. 아직도 너무 부끄러운 기억이야. 다행히 그 뒤로도 관계가 잘 유지됐었는데, 그러다 둘 다 이십 대 초반이던 어느 순간에 특별한 계기 없이 자연스럽게 연락이 끊겼던 것 같아.

재은 그 얘기를 들으니까, 잊고 있었는데 나를 민영으로 기억하겠구나 싶은 친구가 생각났어. 나의 경우에는 친구가 나를 너무 좋아해서 부담스럽다기보다는, 나를 좋아해 주는데, 그 친구의 어떤 면들이 불편하고 안 맞다 느껴 피해 다녔던 것 같아.

지선 나는 그런 건 아니었어. 지금 생각해 보면 그 친구랑만 친하다는 사실이 부끄러웠던 것 같아. 다른 사람들과의 관계가 원만하지 못해서 그 친구한테 많이 의지했다는 걸 스스로 많이 의식했고, 또 외부적인 시선도 의식하니까 본의 아니게 상처를 주는 거지. 시나리오 읽고 그 친구 생각이 정말 많이 났어. 엉뚱한 모습들도 많았던 친구라. 부끄러워서 묻어 두고 있었던 기억을 꺼내게 된 거지.

재은 왜 모든 정희들은 이런 특성이 발달한 걸까. 이런 특성이 있어서 정희가 된 걸까, 아니면 정희였기 때문에 이런 특성들을 가지게 된 걸까.

지선 그 친구도 이런 성적표를 충분히 쓸 수 있겠다는 생각이 들었어. 어쩌면 글이 아니라 만화로 표현할 수 있겠다.

재은 어떻게 보면 정희가 쓴 또 다른 민영이의 성적표는 '숲 그림'일 수도 있겠다는 생각도 든다. 만화로 표현할 수 있겠다는 말을 들으니까.

지선 충분히 그럴 수 있겠네. 그렇게 처음 글을 읽고 '나의 정희'가 떠올랐고, 동시에 민영이처럼 군 기억이 떠올랐어. 그래서 자연스럽게 민영이에게 이입해서, 민영이의 감정을 대변할 수 있는 부분들을 계속 생각해 낸 것 같아. 그러면서도 영화적으로 접근했을 때, 마지막 성적표 신이 많이 살았으면 좋겠다, 완전히 포인트가 됐으면 좋겠다는 생각.

재은 그치. 처음의 성적표 신은 글 위주고, 장면에 대한 묘사는 따로 없었으니까. 근데 그런 접근이 영화를 발전시키는 과정에서 많이 유효했던 것 같아. 영화적으로 이 성적표의 의미를 더 와닿게 하는 데에는.

지선 정희가 쓴 '김민영의 성적표'가, 생각할수록 이게 가지고 있는 포텐셜이 어마어마한 거야. 그래서 사정상 영화가 바로 만들어지지 못하고 몇 번 엎어지고, 그러면서도 둘 다 놓고 있지는 않아서 분량은 점점 많아지고. 결국에는 장편화되는 과정이 나는 오히려 반가운 면도 있었어. 제작이 미뤄지는 순간마다 너는 좀 아쉬워하고 힘들어했던 것 같은데. (웃음) 아무리 생각해도 너무 많은 얘기를 담을 수 있겠는 거야.

재은 이것도 참 민영이스럽네.

지선 가끔 인터뷰할 때 결과에 대한 기대가 크게 없었다고 얘기했는데, 물론 그것도 맞지만, 내가 느꼈던 것만큼 표현하고 전달할 수 있다면 이 영화를 많이들 좋아해 주시지 않을까? 하는 생각도 했던 것 같아.

재은 그럼 언니는 조금 더 민영이의 입장에서 읽었고, 그 후에 같이 발전시키면서 민영이의 개인적인 일상이나 이 친구의 내면에 대해서 많이 얘기했던 것 같은데, 어떤 감정을 좀 더 담고 싶었어?

지선 개인적으로 대입해 봤을 때 나는, 그 친구한테 전학 생활이 얼마나 힘든지 이런 걸 하나도 얘기를 못 했어. 자존심도 세고, 내가 가진 상처에 대해서 말하는 걸 워낙 잘 못하다 보니까. 그렇게 점점 말수가 줄어들었지. (웃음) 거기서 비롯되는 외로움도 자연스럽게 다뤄진 것 같아. 오히려 우리가 항상 말하는 민영의 와다다다 말하는 특성 같은 건 너한테서 오거나 너의 민영이 같은 친구들한테서 온 것 같고.

재은 상황은 똑같은데 나랑 완전 반대네. 나는 그런 걸 말하고 싶어서 친구를 찾아가는 사람에 더 가까운 것 같아. 그리고 정희도 그랬을 것 같아. 숲 이야기나 시트콤 이야기를 하는 것도 그렇고 민영에게 자신의 감정을, 이야기를 계속해서 얘기하고 싶었다고 생각해. 그렇게 정희는 못 본 사이의 일들을 말하고 싶어 하는 사람인데, 민영도 같은 외로운 상황이지만 자기 얘기를 못 하는 사람이라는 데서 간극이 생기는 것 같네.

지선 그래서 민영이를, 자기 속마음을 잘 드러내지 않는 친구로 처음엔 생각했던 것 같아. 자기 꿈도 그렇고, 어떤 힘든 일이 있었는지 말하면 너무 눈물 날 것 같고, 끝없이 딥해질 것 같으니까. 그러니까 애매하게 말할 바엔 아예 말을 않는 거야. 말이야 하고 싶지. 말하고 훌훌 털고 가벼워지고 싶지만, 말을 잘 못하고, 울고 하는 그런 자기가 싫으니까. 나는 비단 그 친구한테뿐만 아니라 당시에 주변에 있었던 다른 친구들, 가족들한테도 말을 못 했던 것 같아. 그게 스스로를 많이 고립시켰어. 그래서 필연적으로 외롭고, 솔직하지 못해 가식적이고, 자유롭지 못한 점을 참 한국인스럽다 생각했던 것 같아.

재은 한국인을 통해서 표현하고 싶었던 거는 뭐였어? 나는 개인적으로 여기서 말하는 한국인의 특징에 대해서 공감하는 동시에 그런 특징을 가지고 있는 내가 나쁘지 않다고 생각하는 사람이거든. (웃음) 그런 특징이 있었기 때문에 내 이야기를 쓰고 영화를 할 수 있었고, 또 나와 같은 사람들을 이해할 수도 있어서 이 점을 나쁘지만은 않게 생각해. 물론 영화를 안 한다면 완전 달랐을 것 같지만.

지선 나도 지금은 그 생각에 어느 정도 동의하는데, 어렸을 때는 내가 '한국인'스러운 게 굉장히 답답했어. 너무 자유롭지 못한 거야. 내가 과연 외국에서 태어났으면 어떤 인간이 되어 있을까? 훨씬 나답게, 멋지게 살 수 있지 않을까. 자기표현도 잘하고, 화도 잘 내고 하는 사람. 이런 '탓'을 되게 많이 했던 것 같아. 한번은 친구의 언니가 유학을 갔는데 예전에는 되게 '한국인' 같았던 분이 페이스북에 태닝한 까만 피부에, 민소매를 입고, 선글라스도 낀 사진을 올렸는데 완전히 다른 사람, 매력적인 사람으로 변해 있는 걸 보고 충격을 받았던 기억이 있어. 민소매, 태닝, 선글라스… 웃기지만 나는 큰 용기를 내야 가능한 일들인데.

재은 아이돌은 진짜 꿈이었어?

지선 거의 누구나 몇 초쯤은 이렇게 남 앞에서 자신을 표현하는 일을 꿈꿔 봤을 거라 생각해. 특히나 어릴 때. 어릴 때를 강조. (웃음) 그런 직업을 진지하게 생각한 건 아니었고, 중·고등학교 때 가장 투명인간 같았던 시절에, 가장 자기표현을 못하던 때에, 이 억눌림 때문에 오히려 그런 직업의 사람들을 동경했던 것 같아.

재은 이 시나리오의 민영이는 어느 정도 자기 얘기를 하는 사람인데. 참 신기한 점은, 나의 정희 같은 면과 언니가 느낀 민영 같은 면이 조금씩 합쳐지며 녹아들어서 지금의 인물들을 만든 것 같아. 같이 이야기하는 과정에서 좋았던 점이 뭐였냐면, 필터링을 할 수가 있었어. 이게 들어가는 타구를 거르기도 하지만 너무 센 것들을 솎아 낼 수 있었던 것 같아. 너무 캐릭터가 양극단으로 가지 않게, 미워할 수 없는 캐릭터를 만드는 데에 유용했던 것 같아. 우리가 서로 각자 내가 정희, 언니가 민영, 이렇게 맡아서 녹음기를 틀어 놓고 즉흥적으로 대화도 해 보고, 시나리오도 정말 많이 직접 연기해 봤잖아. 그때 가장 기억에 남은 건, 민영이 "사차원이란 말이 듣고 싶어?"라는 대사를 하는데 너무 억울하고 서러웠던 기분이야. 정희라도 정말 가장 듣고 싶지 않았던 말이었을 것 같아. 그렇다고 민영이가 막 너무 심하게 나쁜 사람으로 보이는 것도 아니면서 정희의 감정도 건드리는 좋은(?) 대사였던 것 같아.

지선 그때 정말 네 얼굴이 빨개졌던 기억이. (웃음) 정말 혼자 생각하는 게 아니라 같이 얘기하는 과정에서 너무 현실적이고, 너무 극으로 가는 것들을 잘 잡아 줄 수 있었던 것 같아. 그게 공동 작업의 큰 장점이고.

민영이 얘기하면 다이어리가 빠질 수 없는데, 나는 내 얘기를 잘 못하는 사람이다 보니까, 정희가 민영의 다이어리를 보는 설정이 이 친구의 마음을 이해하는 데에 좋은 계기라 생각했어. 영화적인 설정이라는 느낌이 강하긴 하지만.

재은 내가 정희라면, 솔직히 말해서 다이어리를 안 볼 것 같아. 정희는 외로움에 익숙한 인물이니까, 일기장 안에는 필연적으로 외로움이 있다는 걸 알았을 텐데, 그 외로움을 마주하는 건 힘든 일이잖아. 그래서 그런 면에서 정희가 멋있는 것 같기도 해. 민영의 외로움을 마주하고 이해하고 싶어 했던 것 같아서. 물론 누군가의 일기장을 보는 건 나쁜 짓이야. 주기도문을 외우더라도 용서되지 않을 수 있어.

지선 그래서 처음엔 다이어리 설정이 없었지.

재은 그리고 하나 더 질문을 하면, 앞에서 말했듯이 나는 정희가 외로운 인물이고, 외로움에 익숙한 인물이고, 어쩌면 그 외로움을 즐기는 것처럼 보이기도 하는데, 그런 정희가 정말 민영이의 외로움을 몰랐을까? 하는 의문이 든 적도 있어. 일기장을 통하지 않으면 몰랐을까? 그렇다고 또 민영이가 자기 얘기를 완전히 안 하는 애도 아니잖아. 대학교 얘기도 하고 주변 사람들 얘기도 거침없이 하긴 하니까.

지선 그 점도 나한테 대입해서 본다면, 그렇게 말을 거침없이 했다는 건 진짜 상처가 아니어서 가능했던 것 같기도 해.

재은 아, 진짜 민영이를 건드는 얘기가 아니라서? 사람들이 단점이라고 말하는 건 진짜 단점이 아니듯이?

지선 어느 정도는 그런 게 분명히 있다고 봐.

재은 정리하면, 민영이 자기 얘기를 아예 안 하는 사람은 아니야. 힘든 얘기도 하는데, 진짜 들키기 싫은, 진짜 말하기 싫은 건 사실 일기장 안에만 있는 거지.

지선 일기장 안에 없을 수도 있어.

재은 아, 그렇게 되는 거야?

지선 만약에 그렇다면, 자기 스스로를 의식하는 부분도 작용했기 때문이 아닐까 싶은데, 나 같은 경우에도 일기장을 솔직하게 쓰기까지 시간이 좀 걸리는 것 같아. 용기도 내야 하고, 나를 내려놔야 하기도 하고.

재은 그렇게 생각하니까 민영이도 그런 것 같아. 민영이도 일기장에 완전 솔직하게 자신의 감정을 적어 둔 건 아니었던 것 같아. 청주 여행에서 동기들에게 느끼는 감정을 '별일은 없었다' 정도로 표현하는 식이었잖아. 실제 감정은 더 슬프고 외로웠을 텐데. 그리고 또 그런 의미에서 앞에서 내가 품었던 의문도 조금은 풀리는 것 같아. 정희가 외로움을 일기장을 보고 알긴 했지만, 일기장에 쓰여 있는 담담한 문장들 사이의 행간들을 읽지 않았을까. 어쩌면 일기장의 문장들을 영화 속의 구체적인 사진으로 완성시킨 건 정희였을 수도 있을 것 같아. 그런 문장들에서 민영이의 외로움을 이해하려는 노력이 있었을 것 같아. 그리고 이야기해 준 같은 맥락에서 많은 분들이 궁금해하시는 것 중에 하나가, 민영이가 그날 대구에 결국 내려간 이유가 정말 성적 때문이냐는 건데, 그날 뜬 성적 때문인 것도 사실이지만, 그 내면에는 정희에게 자신이 약점으로 생각하는 부분을 간파당하고, 웃으며 게임을 하며 넘겼지만, 그런 감정들이 불편하고 당황스러워 회피하고 싶었던 것도 있잖아. 근데 그런 마음을 말하지 못하고 성적 때문이라고 남겨두는 거지.

지선 민영이가 솔직하게 현재 가지고 있는 고민도 표현하고, 자신의 치부도 잘 드러낼 수 있는 성격의 소유자였다면 그날 밤의 이야기는 성립하지 못했을 것 같아. 일단 정희가 화를 낸 순간에 그렇게 웃지 못했을 것이며, 대구에 내려가지 않아도 됐겠지? 정희한테 현실적으로 생각해 보는 게 필요하다고 타박하는 장면도, 사실은 자기 자신에게 느끼는 답답함을 괜히 정희한테 표현하는 거라고 봐. 정희는 무슨 죄야. (웃음)

재은 마지막에 정희가 남긴 성적표를 봤을 때, 민영이는 어떤 생각이 들었을까? GV 때 자주 나오는 질문이었는데 이 부분에 대해서 우리가 깊이 이야기한 적은 없었던 것 같아.

지선 음 민영이가, 정희가 자신의 일기장을 봤다는 사실을 안 상태인가?

재은 모르지.

지선 나는 내 일기장, 혼자 쓰는 노트를 누가 읽었다는 사실을 안 적이 있어. 그래서 정말 괴로웠던 기억이 있고. 그래서 그걸 먼저 물어봤던 거야.

재은 실제로 피드백 들을 때도 이 일기장 보는 장면에 대해서 호불호가 있었어. 그래서 주기도문 같은 중화 장치들을 넣으려고 했고.

지선 누가 내 일기를 읽는다? 상상만 해도 화끈거려서, 그게 순간 너무 몰입이 돼서, 그래서 좋아하는 장면이기도 해.

재은 성적표를 읽는 민영이의 이야기로 돌아가서, 솔직히 민영이뿐만 아니라 나라도, 친구가 갑자기 이재은의 성적표를 준다면 진짜 놀랄 것 같아. 리뷰 중에서도 누가 자기한테 성적표를 쓰면 그 이후에 다시 못 만날 것 같다는 의견도 있었고.

지선 근데 이런 의견만큼, 친구한테 성적표를 받고 싶다 하는 글도 많아.

재은 신기하다. 나는 정희 같은 사람인데도 성적표를 받고 싶지는 않았거든. 장난식으로 주는 거면 괜찮은데 진심으로 쓴 글이라면 조금은 당황스러울 것 같아.

지선 그치. 내가 생각하는 나의 모습을 정확히 서술할수록 당황스러울 것 같아. 그래서 언젠가 GV 자리에서, 내가 친구한테 성적표를 받는다면 어떤 항목에, 어떤 점수를 받을 것 같냐는 질문이 나왔었는데, 무서워서 상상도 시도하지 않은 일이라 대답을 할 수가 없었어. 떠오르는 건 '체력' F 정도? 그 이상의 진심에 대해서는 들어가 보기가 꺼려지는 게 있는 것 같아.

재은 그러면 정희가 쓴 성적표를 다시 한번 읽어 보자. 안 읽어 본 지 오래됐잖아. '경제력', '패션과 감각' 이런 건 장난식으로 가볍게 쓴 거라 치고, '사회성 B+: 처음 보는 사람과 말을 매우 잘하는 듯 보여 사회성이 높다고 생각할 수 있으나 시간이 지날수록 점점 말이 없어짐' 이런 건 약간 감동이야.

지선 예전 버전은 객관적인 항목들이나 아니면 아예 위로의 말을 건네는 글들로 구성했던 기억이 있어. 그러다가 이렇게 친구를 있는 그대로 서술하는 말이 성적표를 더 풍부하게 만들어 줘서 '사회성' 같은 항목들을 추가했던 기억이. 정희의 예리함이 느껴져서 좋고, 또 민영이를 정말 잘 아는구나 하는 게 느껴져서 좋아. 이런 시선들이 모여서 성적표를 묘하게 만들어 주는 것 같아.

재은 '마음과 행동 A: 내가 이상한 이야기를 해도, "아 그렇구나" 하고 이야기를 들어 줌. 물론 아닐 때도 있음. 밖이 아니라 안에서 나를 봐주고 있다는 느낌. 괜찮은 사람이구나 싶을 때가 있어.' 이 부분은, 사실 내가 조금 이상한 말을 종종 하는 사람으로서, 내가 어떤 이야기를 했을 때 상대가 '너무 이상해, 너는 이상한 사람이야'라고 말해 버리면 대화가 더 이상 안 되잖아. 그냥 내가 한 말에 대해서 그 말에 대한 답을 하고 대화를 이어 가면 되는데. 나를 밖에서 보지 않고 그냥 나 자체를 이해해 주려는 시선이 좋아서 쓴 부분이야. 그냥 겉으로 보이는 것 말고, 내가 어떤 사람인지 알려고 노력해 주는 사람들을 만날 때 따뜻함을 느꼈던 것 같아.

지선 정희가 쓴 성적표가, 항목들을 하나씩 다시 곱씹어 보니까 되게 감동이다.

재은 종종 관객분들이 정희에 대해 '사려 깊다'라는 말을 하시는데 그 말이 정말 정희와 정희의 성적표 내용을 잘 표현해 주는 것 같아. 민영이에게 서운하고, 좋아하는 마음을 온전히 다 표현하면서도, 부담스럽지 않으려고 정말 고민해서 쓴 마음이 느껴진다 해야 하나.
지금 생각해 보니 어쩌면 민영이는 성적표를 제대로 안 읽어 본 걸 수도 있겠다는 생각이 들어.

지선 지난밤에 자신이 저지른 일도 있고, 성적표의 형식이다 보니까 괜히 무서운 거지. 나를 너무 꿰뚫는 것 같으니까. 근데 하나하나 천천히 살펴보면 생각을 되게 많이 하고 쓴 글이다.

재은 너무 소중하고 감동적인 글이라는 건 알지만, 내가 민영의 입장에서 본다면, 나는 그렇게 해 주지 못하는 사람인데 누군가의 정성을 받는 게 부담스럽고, 내 자신이 더 초라해지는 것 같아서 무서울 것 같기는 해.

지선 나도 처음엔 비슷한 생각이었는데, 오랜만에 시나리오로 이 부분을 다시 보니까 느낌이 많이 다르다. 민영이가 엄청 고마워할 것 같네. (웃음) 제대로 성적표를 읽고, 그 안에 담긴 정희의 마음을 알았다면 어쩌면 금방 다시 연락을 할 수 있겠다.

Part 3. 수산나&정일

지선 이 파트에서는 단편에서 장편으로 가는 과정에 대해서 얘기해 보자. 장편화하면서 바뀐 것 중에 가장 큰 특징이라 한다면, 인물의 나이대가 이십 대 중반에서 스무 살로 어려졌고, 그러면서 민영이는 대학에 가고, 정희는 대학에 가지 않게 되면서 둘의 길이 크게 달라졌다는 점. 그리고 이 둘의 고등학교 시절의 이야기를 더 담으면서 '삼행시클럽'이 생겼고, 그러면서 수산나 캐릭터가 만들어졌고, 추가로 정일이도 들어갔던 것 같아.
가장 먼저 얘기해 보고 싶은 건, 나이에 대한 부분이야. 원래는 이십 대 중반, 대학교 졸업반 나이대의 이야기였는데, 언제 스무 살 설정으로 바뀄는지 기억나?

재은 정확히 기억나. 그때 민영이 같은 친구한테 상처가 되는 피드백을 많이 받고 회의하러 가는 길이었는데, 거의 만나자마자 스무 살로 바꾸면 좋을 것 같다고 이야기했던 것 같아. 그 나이대 같지 않고 유치하다는 식의 이야기였던 것 같아. 원래 유치한 감정도 맞고, 나는 스무 살 중반에도 이 감정을 느꼈던 것도 많지만, 조금 더 많은 사람들이 공감할 수 있게 이 감정을 보편적으로 느끼는 시기인 스무 살로 바꿨지. 그리고 속이 시원했어.

지선 그때 되게 자연스럽게 정희가 대학에 가지 않은 설정도 생겼던 것 같아. 그리고 그 설정에 대해서 나는 비슷한 경험이 있으니까 여러모로 반가웠던 기억도 있어.

재은 우리 주변에 대학을 가지 않은 친구들한테도 많이 영감을 받았던 기억이 나. 그때 이후로 엄청 잘 풀리지 않았어? 뭔가 고속도로 닦은 것처럼. 정희와 민영 둘 사이의 간극이 훨씬 더 돌이킬 수 없게 벌어진 느낌이고. 그리고 우리한테 익숙한 한국 사회의 입시, 누구나 고3이 되고 대학에 가는 게 당연하게 생각되는 부분도 건드릴 수 있었어. 언니는 이때 대학에 가지 않아서 공감을 했지만, 나는 오히려 대학에 다니고 있는 입장에서 공감한 부분이 있었던 게, 나는 내가 학교에 다니면서도 전공에 너무 관심이 없었고 오래전부터 영화를 하고 싶다는 생각이 있어서 그 괴리감에 힘든 게 있었어. 나는 왜 여기서 이러고 있어야 되는가에 대한 고민이 많았던 거 같아. 그래서 오히려 정희가 왜 이런 선택을 했는지에 대해서 너무 이해가 잘 됐고, 응원하고 싶고, 지켜봐 주고 싶었어.

지선 내 경우에는, 학교, 학벌 이런 것도 중요하지만 내가 평생 동안 뭘 하고 사는지가 너무 중요한 사람이었고, 내가 의미 있다고 생각하는 길을 깊이 파고 싶어 했어. 물론 좋아하고 관심 있는 일들은 있었지만 좀 더 와닿는 무언가가 있을까 하고 탐구하고 싶었던 것 같아.

재은 한번 결정되면 바꿀 수 없을까 봐?

지선 조금 복합적이었던 게, 십 대 때 인간관계에 대한 어려움을 겪다 보니까, 대학교에서의 생활이 조금 두려웠던 것 같아. 정말 좋아하는 것을 공부하러 대학에 들어가도 힘든데, 그게 아닌 상태에서 사람들이랑 섞이는 걸 당시에는 상상을 잘 못했고.

재은 오히려 그런 면에서는 민영이랑 되게 다르고 오히려 정희에 가깝네?

지선 그치. 그러면서도 이 100세 시대에, 나의 길을 꼭 스무 살에 정해야 되는지에 대한 의문이 있었어. (웃음) 외국에는 대학 가기 전에 1년 동안 입학을 유예하고 여행을 다니거나 쉬는 갭이어(Gap year)라는 제도도 있으니까. 나도 그런 시간을 보내고 싶었어. 그게 본의 아니게 많이 길어지긴 했지만. 그래서 정희가 여유를 가지고 자신을 탐구하고, 스스로 무언가를 계획해서 하나씩 해 나가는 모습이 그냥 반가웠던 것 같아. 근데 너랑 나랑 묘하게 반대되는 게 신기하네. 너는 일찍 영화를 꿈꿨고, 나는 늦게 영화를 꿈꾸게 된 케이스고. 근데 넌 대학에서 다른 걸 전공하고, 오히려 나는 영화과에 들어가고.

재은 환경은 달랐지만 이 정서에 둘 다 공감을 한 거네. 정말로 정희가 대학에 가지 않은 설정이 생기고 술술 풀려 갔던 기억이 있어.

지선 그러면서도 우리가 이상적으로 생각하는 태도들을 많이 넣은 것 같아. 그 선택으로 인한 불확실함에 대해서 크게 동요하지 않는 캐릭터라는 게 실은 되게 이상적인 거잖아.

재은 그치. 그 불안정함을 보통 이런 성장영화에서 되게 위태위태하게 다루는데, 정희는 뭔가 되게 안정돼 있고, '이 불안함을 느끼는 내 자신이 나쁘지 않아' 약간 이런 느낌. 딱 이거지 않아? 그 불안함으로 위태로워 보이는 청춘이 아니고. 그래서 또 사랑스러운 거 같기도 하고.

지선 그래서 그때부터 주인공으로서의 위상이 더 생긴 것 같아. 주인공인데도 막 적극적으로 액션을 취하는 게 아니라, 여유 있고 느긋해 보이는 인물로 그려지니까 거기서 오는 새로움도 있었어.

재은 이건 정희의 천성이라고 봐야 되는 거겠지? 재밌는 건, 사실 촬영할 때는 이 불안함에 대해서 깊게 생각을 안 하고 이상적으로 접근했던 것 같아. 오히려 편집을 하면서, 정말 정희에게 그런 불안감이 없을까 의문이 자꾸 들어서 이 부분을 조금 수정했었지.

지선 편집 때 정말 그렇게 느껴서 성적표 내레이션에서 추가한 부분도 있고, 시나리오 단계에서 떡볶이집 신에서의 "때를 기다리고 있어요" 대사를 넣은 것도. 이것마저 없으면 조금 너무 이상적인 캐릭터가 되니까.

재은 그래서 편집 과정에서 '한국인의 삶' 부분에서 "너가 나에 대해서 말한 게 맞을 수도 있어"라는 내레이션을 추가했지. 나는 이 문장이 너무 좋은 게, 이 부분을 넣는 순간, 정희가 전날 밤 혼자 민영의 집에서 시간을 보내던 시간들이 몇 배는 더 진하고 아리게 느껴졌던 것 같아. 민영의 생각을 함과 동시에, 민영이가 자신에게 한 이야기들에 대해서도 생각해 봤을 거고, 자연스럽게 자기의 감정에 대해서도 떠올려 봤을 거잖아. 그런데, 편집에서 추가한 게 이 대사밖에 없나? 정희의 불안감에 대해서? 왜 엄청 많다고 생각했지?

지선 그렇기도 하고, 그냥 우리 생각이 바뀐 것도 많이 유효했던 것 같아.

재은 그러고 보니, 그냥 영화는 그대로인데 우리가 정희를 바라보는 관점 자체가 바뀐 것 같아. 겉으로만 보이는 정희가 아닌 우리가 정희를 이해하는 과정이라고 하면 너무 거창한가.

지선 추가로 과잠 입는 설정도 그렇고, 다 무의식적으로는 있었는데, 우리도 좀 눈치를 못 챈 부분들이 있어. 나는 과잠 설정에 공감을 한 게, 실제로 내가, 진짜 왜 그랬는지 모르겠는데 재수할 때 언니의 대학교 과잠을 입고 독서실을 왔다 갔다 한 적이 몇 번 있어. 너무 자연스럽게 그러고 싶었어. (웃음) 그 옷을 입을 때 생기는 묘한 힘이 있었던 것 같기도.

재은 나도 대학교 때 우리 과에서 유일하게 과잠을 안 산 사람으로서, 조금 다르지만 정희가 과잠을 입어 보는 것에 대해서도, 나도 되게 진심이었던 것 같아.

지선 대학에 안 간 사람으로서 소속감이라는 것에 굉장히 호기심이 갈 수밖에 없었고. 과잠이 주는 상징들이 어마어마하게 느껴진 것 같아. 또 장편화하는 과정에서 어떤 설정이 들어갔지? 이때 정말 많은 버전의 시나리오가 나왔었잖아.

재은 하나 너무 아찔한 게, 삼행시클럽이 없었으면…

지선 네가 한때 빼려고도 했었어.

재은 왜냐면, 이게 처음에 되게 너무 급진적이고 판타지적이라고 생각했어. 물론 내가 생각했던 거지만, 이렇게 귀엽고 통통 튀는 영화를 써 본 적이 없기 때문에 더 그랬던 것 같아. 주로 썼던 게 외롭고 현실적인 톤의 영화였다 보니까. 이때 영향을 많이 줬던 게, 일본 영화 중에 조금 미친(?) 상상력의 영화들을 보면서, 이런 설정들에 많이 열리게 됐던 것 같아.

지선 이때 준비하면서 일본 영화들을 많이 봤었지. 네가 생각해 낸 사람이어서 오히려 그렇게 느꼈던 것 아닐까? 나는 그래도 조금 더 객관적으로 본 입장에서 괜찮은 설정이다, 꼭 넣었으면 좋겠다 생각했어.

재은 이게 빠졌다고 생각하면 아찔하지 않아? 지금 이 영화가 없었을 것 같아.

지선 시그니처가 되었기 때문에. 그리고 삼행시가 하나의 필터링이 돼서 하고 싶은 말을 대신…

재은 맞아.

지선 생각보다 진짜 직접적으로 말할 수 있었다. 메시지를 전달하는 아주 세련된 필터랄까…

재은 눈치 못 챘겠지…? (웃음)

지선 그래서 이때 삼행시클럽도 있었고, 다른 버전으로는 민영의 1인 경극 설정 같은 것.

재은 민영이가 전학 왔었는데, '전학인의 밤'에서 1인 경극을 하면서 "나는 카멜레온이에요"라고 말하는 장면이 있었지. 그 1인 경극을 정희가 혼자 구경하고 있었고. 단편 버전은 이런 톤이 아니었는데 갑자기 동화적인 내용들이 들어가면서 둘이 너무 신나 가지고 이야기했던 기억이 나.

지선 민영이 불량했던 과거를 청산한 인물이라는 설정도 있었고, 정희가 거북이가 아닌 새를 키우던 때도 있었고, 정희의 가출한 동생 이야기도 있었고. 그리고 삼행시클럽이 생기기 전의 전사. 삼행시클럽이 어떻게 활동하는지도 그리려고 했었는데. 셋이 강가 같은 데 가서 영감을 받고 삼행시를 쓰는 그런 장면을 되게 감성적으로 연출하려고도 했었어. 근데 결과적으로 안 쓴 걸 보면…

재은 이유가 있다.

지선 조금 과했다는 느낌이.

재은 조금? (웃음) 근데 일단 이렇게 다 쏟아 내지 않았다면 다른 것들도 안 나왔을 거야.

지선 용케도 너무 과한 설정들은 잘 덜어 냈다. (웃음)
다음으로, 장편화하면서 새로 생긴 캐릭터가 수산나랑 정일인데, 이 두 친구가 어떻게 생겨났는지 마지막으로 얘기해 보면 좋을 것 같아. 수산나는 어떻게 떠올리게 됐지? 삼행시클럽이 생기고, 더 인원이 필요하다고 느껴서 그랬었나?

재은 나도 처음이 잘 기억은 안 나. 진짜 자연스럽게 들어왔던 것 같아. 아무래도 고등학생 때 이야기가 많이 들어가게 되면서 둘만 친구인 것보다는 관계를 맺는 다른 인물이 더 등장하면 더 자연스럽다고 생각했던 것 같아. 기숙사 생활을 해 본 사람으로서, 같은 기숙사를 쓰고 같은 반인 친구와는 자연스럽게 때때로 같이 어울리게 됐던 것 같아.

지선 정희도 그렇고 민영이도 개성이 뚜렷한 친구여서, 그래서 뭔가 중심을 잡아 주는 중간 캐릭터를 자연스럽게 생각해 냈던 것 같기도 하고.

재은 그런 관점으로 다시 영화를 보면, 어쩌면 정말 민영이와 정희가 하루를 같이 보내며 이렇게 된 게, '수산나가 없었기 때문에'일 수도 있었을 것 같다는 생각도 든다. 당연히 둘이 많이 친했고, 기숙사도 같이 썼지만, 어쩌면 둘이 부딪칠 수 있는 부분들을 수산나가 있었기에 조금 잡아 줄 수도 있었을 것 같기도 해.

지선 그러면서 너무나 당연하게 세례명을 쓰고 싶었던 것 같아. 조금은 기억에 남는 이름? 그리고 나는 수산나 같은 친구를 떠올리면, 겉으로 봐서는 내성적으로 보이고 나처럼 낯을 많이 가릴 것 같지만, 의외로 자기표현도 잘하고 부끄러움도 안 탔던 친구들이 몇 명 생각나. 차분하게 자기 일도 잘하고 일상도 잘 지내는, 멋있다고 생각했던 친구들. 나랑 되게 비슷해 보이지만 한편으로는 부러운 점들이 많은, 그런 친구들이 생각났어. 아무튼, 그렇게 우리 주변에 있을 법한 친구인 수산나 캐릭터를 다현 배우가 정말 잘 살려 줬더랬지.

재은 그치 수산나 캐릭터는 진짜 다현 배우만의 매력과 개성으로 멱살 잡고…라고 말하면 우리 영화에 비해 너무 과격하지만, 그렇게 끌고 가 준 것 같아. 우리가 사실 정희랑 민영에 비해서 수산나 캐릭터의 특성 같은 걸 크게 신경 쓰지 않았잖아. 배우 자체가 캐릭터가 되어 줘서. 크게 요구했던 게 많이는 없었던 것 같아.

지선 합류하고 나서 오히려 캐릭터가 만들어진 케이스였던 것 같아. 우리가 영감을 많이 받았고. 사실 이 부분은 다현 배우뿐만 아니라 주아, 아정, 종민 배우한테도 다 해당되는 말이야. (웃음)

수산나는 특히 외적으로 드라마틱하게 변화하게 되는데, 그때 너무 멋있게 소화해 줬고, 그리고 영어 삼행시 같은 것도, 감성적인 발음과 톤으로 잘 표현해 줬고.

재은 고마워. (웃음)

지선 맞아. 고마워. 그다음에 정일이 얘기를 해 보면, 사실 정일이란 이름은 일본 영화 〈고(Go)〉에서 따왔지.

재은 그래. 그 영화에서 '정일'이라는 캐릭터를 사랑하게 돼서 같은 이름을 쓰고 싶었어. 그리고 외적으로도 조금 비슷하게 표현하려고 했던 것 같아. 사실 우리 영화에서는 정일이라는 이름이 한 번도 나오지 않지만.

지선 정일 역의 종민 배우는 사실 내가 일본 영화들을 볼 때 너무 좋아하는 남학생의 이미지를 가지고 있었어. 뭔가 투박해 보일 수도 있지만 순수해 보이는.

재은 실제로 종민 배우를 처음 만났을 때도, 물론 우리와 안 친해서 그럴 수 있지만, 정일 캐릭터 그대로의 느낌을 많이 받았던 것 같아. 진짜 '물아일체'라고 할까. 실제로 우리 영화의 웃음 코드와 비슷하게 웃긴 면들이 많다.

지선 꿈이 개그맨이라고 했었지.

재은 수능 날 우는 장면 같은 걸 그런 면에서 되게 잘 소화해 준 것 같아. 보호본능을 일으키기도 하고.

지선 전에 같이한 GV에서, 시나리오를 처음 보고 완전 자기 자신인 줄 알았다고 했던 말이 생각난다.

재은 그랬어?

지선 평소의 말투도 그렇고, 행동도 정일의 모습과 비슷하다고 했었어. 진짜 물아일체라는 말이 맞았던 것 같아.

재은 정말 우리는 배우들이랑 대화를 많이 안 했구나, 하는 미안함이 드네. 왜냐면, 정말 나 살기도 바빴던 것 같아. (웃음) 항상 미안함을 많이 느끼고 있어. 그럼에도 너무너무 잘해 줘서, 너무 감사할 뿐이야. 고마워!

지선 다들 고마워!

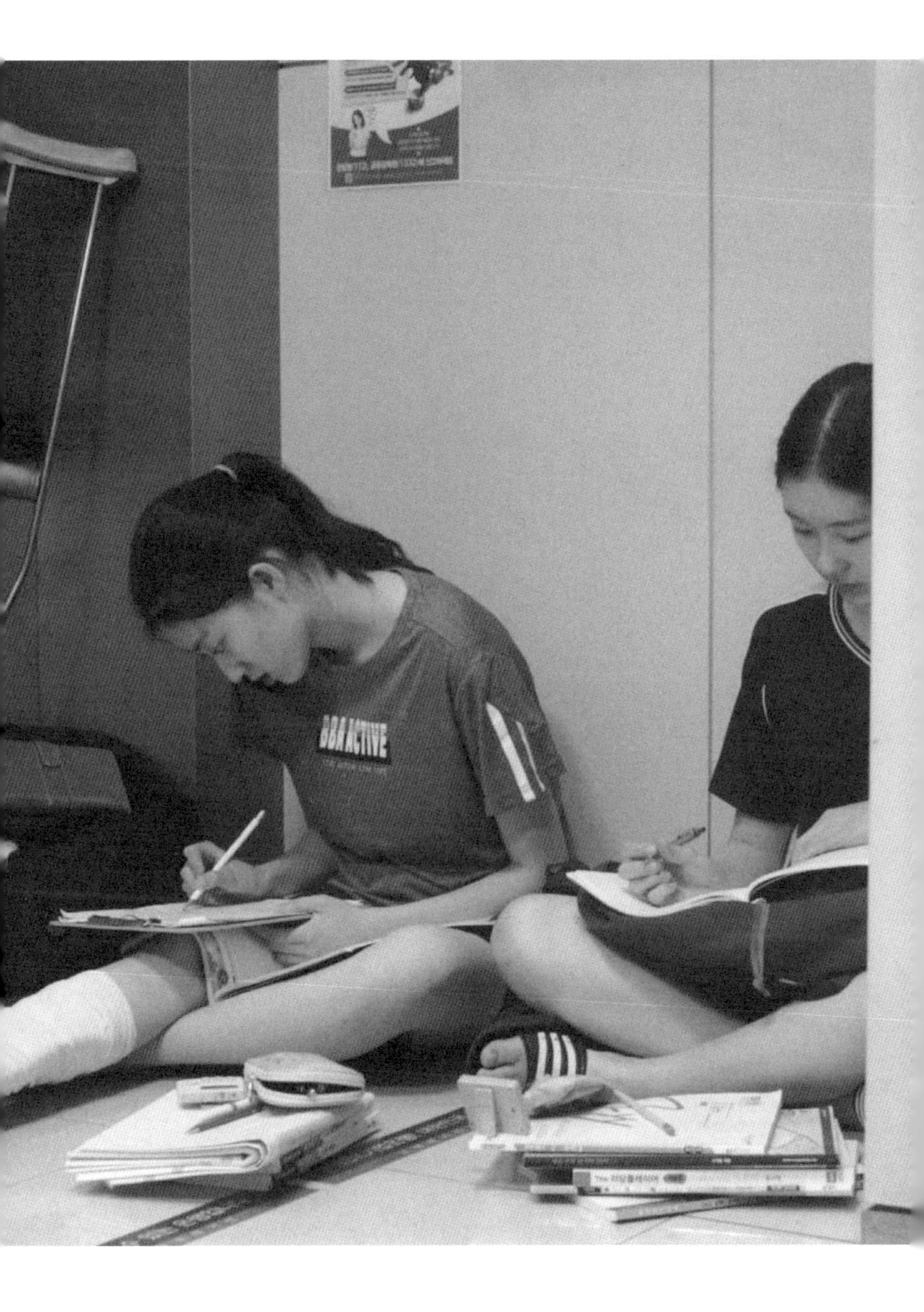
ACTIVE

닫는 글

좀처럼 올 것 같지 않았던 영화의 개봉일을 맞으면서 여러 가지 감정이 스쳤습니다. 작품 구상의 시작이 2017년도였으니 벌써 많은 시간이 흘렀네요. 촬영 당시 중학생이었던 '정희', 주아 배우는 벌써 고3이 되어 수능을 앞두고 있고, 고등학생이었던 '민영', 아정 배우는 어엿한 대학생이 되어 멋진 대학 생활을 누리고 있는 것 같습니다. 두 배우 모두 이제야 영화 속 인물 나이에 접어들었는데 다들 어떤 생각을 하며 지낼까 궁금합니다. 이십 대였던 저도 삼십 대가 되었는데, 촬영 때 생각을 하면 아득한 마음이 들어 괜스레 그때의 사진과 글을 뒤적거리게 되네요.

최근, 무사 영화에 대한 사랑이 넘치는 여고생들의 이야기를 다룬 〈썸

머 필름을 타고!(サマーフィルムにのって)〉를 봤습니다. 좋아하는 것에 대한 마음을 시원하게 말해 버리는 영화였고, 삼총사에 거북이의 등장까지 닮아 있는 부분이 많아 저희 영화 생각도 많이 났습니다. 며칠이 지나도 영화 속 인물들이 호기롭게 '좋아함'을 외치는 목소리가 맴돌았는데, 그 시끌벅적함과 호들갑이 주는 에너지, 설렘이 느껴져서인 듯합니다. 그리고 그 마음들은 영화를 준비했던 때를 떠올리게 했습니다.

어떻게 찍을지에 대한 치밀한 계획 없이 그냥 마음 가는 대로 이야기를 발전시키던, 이 카페 저 카페를 전전하며 정희, 민영의 작은 세계를 만들던 때가 계속해서 생각났습니다. 개봉은 생각지도 못해서 공개에 대한 부담이 0에 수렴하던 때였으니 그냥 좋아하는 마음을 동력 삼아서 만들어 나갔던 것 같습니다.

"이건 백 프로 흑역사 생성이다." 수능을 100일 앞두고 삼행시클럽 해체식 기념사진을 찍는 민영이 뱉는 첫 대사입니다. 영화의 시작 부분에서 주인공들이 앞으로 펼칠 일들을 미리 말해 주는 것 같아 좋아하는 장면과 대사입니다. 해체식 사진을 남기는 게 흑역사 생성이라는 말에도 아랑곳하지 않고 허리를 꼿꼿이 세운 채 포즈를 잡는 정희와, 시니컬한 멘트를 툭 던지다가도 친구들 옆에 서면 '빙구 웃음'을 짓는 민영의 얼굴이 어이없는 웃음을 짓게 하는데, 이들의 서로 다른 성격이 잘 드러나 재밌기도 합니다.

〈성적표의 김민영〉을 통해서, 흑역사를 같이한 친구가 있다면 느낄 수 있는 여러 감정들에 대해 이야기해 보려 했습니다. 정희와 민영이처럼 엉뚱한 일들을 같이했던 기억, 혹은 친구를 서운케 해서 미안했거나, 좋아하는 마음이 더 큰 것 같아 부끄러웠던 기억까지, 우정과 관련된 에피소드가 하나라도 있다면 쉽게 따라갈 수 있는 영화라고 생각합니다. 부디 영화와 책 모두 편하게 즐겨 주시고, 다 같이 소중한 기억들을 돌아보고 이야기할 수 있는 시간을 많이 갖기를 기대하겠습니다.

끝으로 〈성적표의 김민영〉이 세상에 나올 수 있도록 도와주신 분들께 감사의 인사 전합니다.

그 누구보다도 사랑스러운 캐릭터를 만들어 준 배우분들, 김주아 님, 윤아정 님, 손다현 님, 임종민 님. 프리프로덕션 때부터 함께 동고동락한 키 스태프분들, 조윤빈 님, 김원호 님, 지해일 님, 김혜수 님, 이혜지 님. 더운 여름날 현장에서 같이 땀 흘려 준 연출부 심이안 님, 오소현 님, 알림자노바 다나 님, 조은빈 님, 촬영부 김민지 님, 미술부 박진희 님, 이이다 님, 임모리 님, 동시녹음 권민령 님, 김지원 님. 든든한 후반 작업 스태프분들, 김서영 님, 김규만 님, 김윤경 님, 유호정 님, 권현정 님, 김재민 님. 프로젝트의 문을 열어 주신 최용배 지도교수님, 배급에 도움 주신 인디그라운드, 엣나인필름, 엠라인디스트리뷰션. 오랜 기간 품고 있었던 애착 인형과도 같은 시나리오를 정리하고 그때의 기억을 끌어내 주신 북이십일 아르테 출판사에 감사합니다. 이 밖에 정성 어린 피드백과 도움을 주신 모든 분들, 영화와 책을 보고 자신의 기억을 투영해 주시는 관객분들께도 감사드립니다.

첫 촬영 날이 엊그제 같은데 어느새 녹음 가득한 여름을 세 번 더 맞이했습니다. 길고 긴 여정의 매 순간마다 소중한 인연을 만나 한 걸음씩 나아갈 수 있었습니다. 영화에서 정희와 민영이가 추억하는 여름날의 색처럼 초록초록한 기억들을 만들어 주셔서 감사합니다.

2022년 9월

임지선

성적표의 김민영

1판 1쇄 인쇄 2022년 9월 19일
1판 1쇄 발행 2022년 10월 5일

쓰고 엮은이 이재은 임지선
펴낸이 김영곤
펴낸곳 (주) 북이십일 아르테

책임편집 최윤지
편집 김지영
디자인 박지영 박숙희 표지 포스터 스튜디오 빛나는
기획위원 장미희
출판마케팅영업본부 본부장 민안기
마케팅 배상현 한경화 김신우 이보라
영업 최명열
제작 이영민 권경민

출판등록 2000년 5월 6일 제406-2003-061호
주소 (10881) 경기도 파주시 회동길 201(문발동)
대표전화 031-955-2100 팩스 031-955-2151 이메일 book21@book21.co.kr

ISBN 978-89-509-4192-5 03810